先輩と宅飲み
「いつも可愛いだなんて、照れちゃうよぉ〜。
いっその事、結婚しちゃう？」

鈴木孝志
Suzuki Takashi
二十歳を迎えたばかりの大学生。
彼女である紅葉の大胆なイタズラ
にいつも理性が崩壊寸前。
大谷紅葉
Otani Kureha
大学では知らない者がいない
ほど有名な美女。孝志のことが
大好きで、お酒を飲むとさらに
大胆に彼を誘惑してしまう。

「お酒を飲みながら甘いキスをしてみない？」
先輩とお菓子で
キケンな遊び

先輩と初めてのBAR
「これからここに来るのは、
キミと一緒の時だけって
決めたから」

お酒と先輩彼女との甘々同居ラブコメは二十歳になってから 1

こばやJ

HJ文庫
1123

口絵・本文イラスト　ものと

1

Osake to Senpai Kanojyo tono AmaAma Doukyo Love & Comedy ha Hatachi ni nattekara

第一章　お酒と同居は二十歳になってから

「ねぇねぇ孝志《たかし》くん。せっかく二十歳になったんだし、そろそろ私たち同居とかしてみない？」

大事な決断を迫《せま》られる時はいつも突然《とつぜん》で、それでいて考える時間すらも与《あた》えてくれない。

ずい……ずいっ……と大人な匂《にお》いを漂《ただよ》わせながら、甘《あま》い声で俺《おれ》を誘惑《ゆうわく》してくる一人の女性。真紅《しんく》の髪《かみ》を頭の横で束ね、たわわに実った胸の谷間を惜《お》しげもなくみせる胸元《むなもと》の緩《ゆる》いTシャツ姿の美女。薄手《うすで》のシャツから薄《う》っすらと黒い下着が透《す》けていることなんて気にも留めない。

口元を微《かす》かに濡《ぬ》らし、妖《あや》しく笑《え》みを浮《う》かべる彼女《かのじょ》の横には数本の空《あ》き缶《かん》。ハイパードライに凍結《とうけつ》など、有名どころの酒缶がゴロゴロと転がっている。そして彼女の手にも檸檬《れもん》館。

「紅葉《くれは》先輩《せんぱい》、そろそろお酒じゃなくてジュース飲みましょう？　ほら、先輩の大好きなミスターペッパーありますから」

真紅の髪の美女改め、大谷《おおたに》紅葉先輩から飲みかけの檸檬館を取り上げ、その代わりに彼女の好物を持たせる。

が、既《すで》に数本のお酒を空にしてしまっている紅葉先輩から、いくら好物といってもお酒を取り上げたのは大失敗だったみたいだ。

「同居とお酒、どっちが大事なの⁉」

突然、紅葉先輩が訳のわからないことを言い出した。

どっちが大事というか、強《し》いていうなら先輩が大事。ただそれだけのこと。下手な答えを口にしてしまって、先輩を傷つけたくない。

「いいですか、紅葉先輩。俺たちはまだ子供です。おいそれと同居を決めていい立場じゃありません」

「私、二十一。君、今日で二十歳《はたち》。どっちも成人。やったね、大人だよ。さ、同居しよう！」

「先輩本当に二十一歳《さい》ですか⁉　発想がだいぶ子供ですけど‼」

「何よ、酔《よ》っ払《ぱら》ってる私が悪いっていうのぉ？」

「いつもの状態も大概《たいがい》ですけど、今日は特に酷《ひど》いです！」

「いつも可愛《かわい》いだなんて、照れちゃうよぉ～。いっその事結婚《けっこん》しちゃう？」

「しません‼」

心の底から先輩を大事に思っている。なのにちっとも紅葉先輩に俺の意図が伝わらない。

何も先輩が悪いなんて言ってないし、二十歳になったからといって大人というのもまた違《ちが》う。少なくとも酔った勢いで同居を超《こ》えてプロポーズしてきちゃう大学の先輩は大人とは思えない。

しかも、冗談《じょうだん》とかではなく本気の表情で『結婚しちゃう?』と言ってきているのだから、なおさら大人とは程遠《ほどとお》い。

たとえ紅葉先輩と俺が付き合っているとしても、だ。

「いいですか、先輩。俺は別に先輩と同居したくない訳ではないんです。ただ、親御《おやご》さんが許すかどうかを心配してるんです」

「大丈夫《だいじょうぶ》大丈夫。彼氏《かれし》が二十歳になったら同居を申《もう》し込《こ》むかもって親には伝えてあるから」

「緩すぎませんか、先輩の家族……」

紅葉先輩が家族に俺の事を『彼氏』と紹介《しょうかい》してる事に嬉《うれ》しさを覚える反面、彼女が家族に伝えている内容が全く大丈夫じゃない為《ため》、心配せずにはいられない。

「むっ、私の心の鍵《かぎ》はそう緩くないわよ!」

「緩いですよ!　緩すぎです!　付き合った途端《とたん》に心の南京錠《なんきんじょう》ドロドロに溶《と》けてるじゃないですか!!」

「それは孝志くんの心が熱すぎるからだよ〜」

「ダメだこの先輩、早くなんとかしないと」

話の通じない先輩の大丈夫じゃなさにも、心配せずにはいられない。

「……嫌《きら》いになった？」

「なってたら先輩のコントに付き合ってませんよ」

「やった〜。さっすが私の見込《みこ》んだ男〜！　いよっ！　ジュノンボーイ!!!」

「それはジュノンボーイを軽《かろ》んじすぎでは!?」

デレデレと蕩《とろ》けた表情から、うるうると不安げな表情。そして再びデレデレの表情。

コロコロと切り替《か》わっては戻《もど》る紅葉先輩の様子に、俺は嫌いになるどころか彼女を一層好きになってしまう。

呑《の》んだくれだし、後輩《こうはい》の俺に甘えっぱなしだし、かといって他の人の前では隙《すき》なんて見せない美しい女性だし、でもその裏ではメッセージアプリで俺に『会いたい会いたい……』と送ってくる。

振《ふ》り回し放題の紅葉先輩に俺は魅了《みりょう》されてばかりだ。

今日だって、紅葉先輩から俺の二十歳の誕生日を祝いたいと言われて内心ドキドキしていたのだ。まさか、一人で酔っ払った挙句に同居の話を持ち出されるなんて。

……ワンチャンあるのではと期待していた俺の気持ちを少し返してほしい。二十歳になった記念日にそのままベッドに――――。

「～～～～!!」

あぁ、ダメだ。思い出したら一層恥《は》ずかしい。いくら先輩が好きだからって、考えていいこととダメなことくらいはある。さっきのは、絶対にダメなやつだ……っ！

悶《もだ》える。脳内に浮かべていた先輩の蠱惑的《こわくてき》な表情に悶える。そして、欲望のままにその先のことまで考えてしまった自分の欲深さに恥じて悶える。

悶えて悶えて、羞恥《しゅうち》に染まる。隣《となり》にいる先輩が見えなくなってしまうまで。

「ど、どうかしたの!?　まさか、本気で嫌いになっちゃったの!!?」

「え？」

「え、じゃなくて。さっきから頭抱《かか》えてるから、やりすぎて嫌われちゃったかなって……」

まさか、先輩に心配させてしまうなんて思いもしなかった。頭を抱える俺を覗《のぞ》き込む先輩の顔は、鬼気《きき》迫《せま》るくらいに悲愴感《ひそうかん》に満ちていた。

嫌われちゃった？　悲しそうな表情で発せられた恋人《こいびと》の言葉に、胸がギュウッと締《し》め付けられた。

俺は何をしているんだ、と。好きな先輩を傷つけて何をしているんだ、と。

「あ……違います！　嫌いになんてなったりしませんよ！　ただちょっと、早とちりしたなぁって思ってただけですよ⁉」

初めの言葉が詰《つ》まってしまうくらいの痛みを追い払《はら》いながら、俺は先輩の言葉を否定する。悲しい言葉を全力で、否定する。

嫌う？　どうして？　どうして、先輩を嫌わなきゃいけないんだ？

俺は、先輩との時間がどんなことよりも好きなのに。

「本当に？　本当に嫌いになってない？」

「嫌いになんてなりませんよ。俺は……先輩にからかわれるのが心地好《ここちよ》くて、もっと先輩とおふざけしたくて、告白したんですから」

「そう？　それなら、よかった……」

安堵《あんど》していつもの柔《やわ》らかな表情に戻る紅葉先輩。そんな恋人をみて、俺も安堵する。

よかった。想《おも》いが少しでも伝わったのなら、それだけで満足だった。

満足して、気が緩んで先輩に隙を与えてしまっていたことに気づきもしなかった。

「そういえば、孝志くん。一つ聞いていい？」

「な、なんですか……？」

「さっき、早とちりしたって言ってたけど、いったいどんな早とちりをしたのかなぁって、気になっちゃって」

「……っ⁉」

先輩は聞き逃《のが》してはいなかった。悲観しながらも、キチンと揶揄《からか》いのネタも探していた。かなわない。本当に、この先輩にはかなわない。すっかりいつもの調子に戻った先輩の、ニンマリ笑顔《えがお》には本当にかなわない。今日は特にかないそうもない。

いつもと違って、今日は特別な日。俺の二十歳の誕生日であり、同居の申し込みまでされてしまった日。

いつにも増して、ドキドキしている。こういうときは決まって、良くないことが起きる。

「すみません、それだけは絶対に言えません」

「そう言われると、ものすごく気になるなぁ～」

「だ、ダメなものはダメです。先輩だって、知られたくないことの一つや二つあるでしょ？」

「孝志くんが知りたいなら、いくらでも話せるわよぉ～？」

「それは……っ‼」

「あはっ、顔真っ赤。やっぱり、孝志くんはかわいいね」

ほら、やっぱり。少しでも反撃《はんげき》しようものなら、とびっきりの甘い声でメロメロにされてしまう。

かわいい。そう言われながら、顔のふちを人差し指の裏で撫《な》でられていく。飲みかけの檸檬館を片手に、愛《め》でられていく。

これがたまらなく、心地好いから本当に困る。先輩のことがもっと好きになってしまう。本当は、先輩に俺をもっと好きになってもらいたいのに……。

「とにかく、先輩の家族にもう一度確認《かくにん》してください！　話はそこからです！」

「じゃあ、今聞いてみるね～」

「はい、ぜひそうしてください」

どうせ、両親に怒《おこ》られて終わるだろう。俺がそう決《き》め込んでいる中で、紅葉先輩が家族に電話をかける。

そこに、さっきまで悲愴感にひしがれていた先輩はいない。そして、からかいたがりの先輩もいない。ただただ真剣《しんけん》な、一人の魅力的《みりょくてき》な女性、大谷紅葉が俺の横にいるだけ。

「あ、もしもしお母さん？　この間言ってた同居の件なんだけどさ、今ちょっといい？　うん。そう、前言ってた彼氏とのやつ」

先輩が掛《か》けた相手は母親。先輩の母親らしいのんびりとした声が漏《も》れて聞こえてくる。どんな言葉を話しているかは分からないが、先輩の表情を見るからに良い言葉なのだろう。先輩と母親の良好そうな関係にほっとしてしまう。

それはそれとして、本当に同居の事を前に話していたようで、家族関係が心配になってしまうけれど。

「……ん？」

先輩の電話の様子を見て一人考えごとをしていると、紅葉先輩がこちらに甘い視線を向けてきながら、シャツの裾《すそ》をクイクイと軽く引っ張ってきた。

で・ん・わ。

お酒に濡れた唇《くちびる》が、大きく動いて俺にそう伝える。開いて、一旦《いったん》閉じてまた開く。再び開いた時に、小さな破裂音《はれつおん》が聞こえた気がしたけどきっと気のせいだろう。

先輩の唇があまりに艶《あで》やかで『ンパ……っ』と鳴って欲《ほ》しかっただけの願望に違いない。

今日の俺は、少し欲に塗《まみ》れてる。

恋人と過ごす誕生日に浮かれる自分を自覚しながら、俺は大きく首を縦に振った。

「分かった。ちょっと待っててー。……孝志くん、お母さんが最後に伝えたいことがあるんだって」

通話中のスマホを差し出してくる。画面には『お母さん』の文字。

「もしもし、お電話替わりました、鈴木《すずき》孝志です。紅葉さんとは、一年ほど前からお付き合いをさせていただいております」

恐《おそ》る恐る耳を添《そ》えて挨拶《あいさつ》をする。失礼のないように。少しでも先輩の恋人としてふさわしいように。

『あら、意外としっかりしてるのね。てっきり、もっと……』

「もっと……？　もっと、どうかしたんですか？」

『いいえ、なんでもないわ。今更《いまさら》、口にすることでもないもの』

「そう、ですか」

直に母親の声を聞いた初印象は、温かみだった。紅葉先輩を彷彿《ほうふつ》とさせるのんびりとした口調。だけど、それだけではなくキチンと母親の一面を感じさせる。そんな印象。

そしてそれは、本題に入ってからも続いた。

『あ、そうそう。同居の件だけど、紅葉がその気なら全然構わないわよ』

「そんなあっさりと……」

『これでも私なりに考えたのよ？　成人しているとはいっても、かわいいかわいい娘《むすめ》に変わりはないからね』

無言。何も言えなくなる。いや、言ってはいけない気がした。真剣な言葉に差し込む言葉が俺にはまだ無いから。それほどまでに、のんびりしながらも紅葉先輩を大事に思っていることが伝わってくる。

『でも、娘があなたの……孝志さんのところがいいなら、私は喜んで送り出すわ』

「あ、ありがとうございます……っ！」

『ふふ、どういたしまして』

感謝せずにはいられなかった。紅葉先輩と俺との関係を認めてくれた母親の決意に、感謝せずにはいられなかった。

『あぁ、でも気をつけておいてね？』

「気をつける……？　一体何を……」

『紅葉に何かあったら、お父さんがどんなになるか……ここまで言えば、しっかりしてるあなたなら分かるわね？』

「は、はい……っ」

生唾《なまつば》を飲《の》み込む。お父さん。紅葉先輩のお父さん。先輩自らが、厳しいと口々に不満を漏らす相手。

下手なことは出来ない。瞬時《しゆんじ》に、俺は察した。今、釘《くぎ》を刺《さ》されているのだ、と。

『ちなみに私としては、大歓迎《だいかんげい》だからね～』

母親の口から公認《こうにん》の言葉が告げられるも、そんなことが気にならなくなる特大の釘を。

『それじゃあ、紅葉によろしくね～』

変わらず、のほほんとした声のままプツリと電話が切られた。

「お母さん、なんだって?」

「えっと……娘をよろしくって……」

「さっすがお母さん。話が早くて助かるなぁ～」

スマホを返すと、不安げに結果を尋《たず》ねる先輩。よく見れば、ギュッと俺のシャツの裾を引っ張り続けていた。

いくら家族に話を通していたとしても、それが結果に伴《ともな》うとは限らない。そんな不確定要素が先輩の表情を曇《くも》らせていた。

もちろん、結果を伝えたらすぐに晴れ晴れとした表情に様変わりしたけれど。様変わりというか、元通りのいつも通り。先輩には元気でいてもらいたい。

「好きです、先輩」

「私は愛してるわ」

「俺だって、先輩のこと愛してますよ」

「本当に?」

「本当ですよ」

「ふふっ、知ってる。たっくさん、知ってる」

「〰〰〰っ！」

今日は、甘い誕生日を期待した俺の二十歳記念日。そんな日に、俺は同居の親公認を貰《もら》ってしまった。お酒すらも飲めない俺にはあまりにも早すぎるサプライズで……。

「というわけで明日から同居よろしくね～」

「何がという訳ですか！　いくらなんでも明日からは早過ぎです！　というか、荷物とかどうするんですか？　流石《さすが》に今日明日で準備できるとは思いませんけど」

「そこは問題なしよ！　今日のために色々と準備進めてきたから！」

「問題大ありですが⁉　というか俺が断ったらどうするつもりだったんですか‼？」

「その時は酔わせてでも結婚する言質《げんち》をとるまでよっ！」

「いくら俺が今日からお酒解禁だからって言ってもそれは卑怯《ひきょう》では⁉」

「だって、君ともっと一緒《いっしょ》にいたいんだもん」

「うっっ……」

可愛い顔とそれに似合わぬセクシーなポーズで俺に訴《うった》え掛けてくる紅葉先輩。そんな恋人に俺は動揺《どうよう》せずにはいられなかった。

ヘラヘラと笑っていると思ったら、自信満々のドヤ顔。そして悪い顔に胸元の緩いTシヤツ姿での前屈《まえかが》み。止《と》めにちょっぴり頬《ほお》を膨《ふく》らませての『一緒にいたい』とラブコール。

こんな怒涛《どとう》の攻《せ》めをしてくる恋人に動揺せずにいられるだろうか。ドキドキせずにいられるだろうか。俺にはできない。

ついさっきまで、彼女の弱気な一面を見てしまっていただけに尚更《なおさら》……。

「にへへ、照れてる孝志くん可愛いねぇ〜」

「先輩が揶揄うからですよ……」

紅葉先輩への想いが表情へと溢《あふ》れ出し、彼女にバレてしまう。いや、そうでなくても俺の気持ちなんてとっくに先輩にバレている。

バレてしまっているからこそ、先輩は余計に俺を揶揄ってくる。一つ年上の彼女、大谷紅葉とはそういう困った人物なのだ。

そんな先輩が、好きでたまらない。

「私は全部本気で言ってるんだよ〜？」

「言質の件ですか？」

「本気」

「酔わせて……」

「もちろん本気」

「…………」

「結婚も、君となら本気で出来るよ。心配しないで」

「むしろ今から結婚を気にしてる先輩を心配せずにはいられないですよ……」

俺が質問せずとも何を聞きたいか分かっているかのように、質問にサラッと答えてくる。

それどころか、最後に至っては質問しようかと悩《なや》んでいる時に答えられた。しかも、先輩の目は本気のソレ。いくらなんでも気が早すぎである。

「じゃあ、したくない？」

再び潤《うる》んだ目で俺に訴えかけてくる紅葉先輩。この目に俺は滅法《めっぽう》弱い。

あぁ……もう……本音が漏れ出てしまう……。

「したくないから……困ってるんじゃないですか……」

自分でも気が早いと思っていてもやっぱり気持ちは素直《すなお》で、紅葉先輩と一緒に苦楽を共にする夢を思《おも》い描《えが》いてしまうことがある。

仕事は疎《おろ》か、卒業できるとも、ましてや紅葉先輩の気が変わらないとも限らないのに、夢に見ては『考えるの早過ぎだろ、俺』と一種の自己嫌悪《けんお》に近い状態に陥《おちい》ってしまう。

それだけの思いを持っているからこそ、紅葉先輩の本気の目に動揺せずにはいられなかった。

もっとも、紅葉先輩がどこまで本気なのか、未熟な俺にはまだ把握《はあく》できないのだけれど。

「そうやって私の事で悩んでくれる君だから結婚したいと思っちゃうんだよ〜？」

「で、その前段階として同居と？」

「正解っ！」

「いくらなんでも突拍子《とっぴょうし》が過ぎますって……！」

コロリコロリと変わる表情。その合間に俺から奪《うば》い取った檸檬館をグビグビと飲み進めていく真紅の髪の美女。

酒に濡れた彼女の唇はいつも以上に色っぽいのに、話の内容は色っぽさのかけらも無い突拍子の無いもの。

「私の中では結構じっくり考えたんだけど、やっぱり相談した方がよかった？」

「心の準備のために一言相談はして欲しかったですよ、流石に。今日明日からはい、同居っていうのはいきなり過ぎますって……」

同居の話は先輩なりの誕生日サプライズなんだと思えるけれど、いくらなんでもサプライズの規模を超えている。

もちろん嬉しく無いわけではない。夢で先輩と結婚するのを見てしまっているのに、今更自分の心を誤魔化《ごまか》すつもりは無いし、先輩を前に誤魔化し切れる余裕《よゆう》もない。

ただ、男子大学生としてみれば彼女を迎《むか》え入れるには一つの問題点があった。

「さっきも言いましたけど別に先輩と同居したくないわけじゃないんですよ？　ただ、その……色々と片付けるものがですね……」

「大丈夫だよ～。私、手伝うよ～」

「手伝われたら困るから言ってるんですけど……」

「そうなの？　一体どうしてかしら」

言葉を濁《にご》した俺を目にして、少しばかり悩む紅葉先輩。

出来ればそのまま気づかないで欲しいと思ったのも束《つか》の間《ま》。

「あっ……！」

どうやらピンときてしまったようだ。

いや、まだだ。まだ先輩がソレを口にしなければ『実は何も気づいてませんでした！』と言うことにもなり得る。そうだ、そうしよう!!　そうであってくれ!!

「大丈夫だよ！　私は孝志くんがどんなにアブノーマルな本を持っていても引いたりしないから！」

もはや願望でしかない俺の思いは、紅葉先輩の満面の笑みから発せられた言葉によって、見事に打ち崩《くず》されたのだった。

しかも、まさかエロ本の在処《ありか》までバレるなんて思ってもみなかった……。

「おっぱい特集？　よし。褐色全集《かっしょくぜんしゅう》？　ダメ。太もも天国？　まぁいいでしょう」

今現在、先輩彼女によるエロ本チェックの真っ最中。それを黙《だま》って見届けることしか出来ない俺はなんて惨《みじ》めなのだろうか。

こんなことにならないように、エロ本を厳重に隠《かく》していた。そう、厳重に……。

揶揄いたがりの先輩にエロ本を見せるのはとても危険だと分かっていた俺は、入念にチェックを重ねて彼女が部屋にくる今日に向けて、絶好のエロ本隠し場所を用意していた。

そこがどこかと言えば、ベッド裏の空洞《くうどう》である。

もちろんただそこに入れるだけではすぐにバレてしまうと考え、そこに空洞がないかのように偽装壁《ぎそうへき》を作った。一目見ただけでは、ベッド裏に空洞があるとは思えないくらいに精巧《せいこう》な偽装壁だ。建築学科の親友に諸々《もろもろ》のことを任せたため、そこは折り紙付きだ。

更《さら》には定番のベッドの下には使わなくなったケーブルが入った箱を入れておき、本棚《ほんだな》には参考書エリアの裏に更に参考書を挟《はさ》み込んでフェイクを仕掛《しか》けるなど、徹底的《てっていてき》にベッド裏の偽装壁から紅葉先輩の意識を離《はな》そうと試みた。

……まさか、そのどちらにも見向きすることなくベッド裏の偽装壁に手をかけるなんて。

「全く、別に隠さなくたっていいじゃない。変にトラップ仕掛けてるから見つけたくなっちゃうのよ?」

そう言って紅葉先輩は偽装壁を剥《は》がした先にあった俺の秘蔵のエロ本を仕分けていく。

先輩の左側には先輩が好意的な反応を示したもの。右側には逆に好ましくない反応を示したもの。

「赤髪ヒロインとむふふしましょう?　いいでしょう。青髪《あおがみ》ヒロイン?　ダメ、絶対許さない」

次々とエロ本のタイトルを読み上げては左へ右へと本を仕分け続ける紅葉先輩。その様子を俺は正座して見守っていた。

ただそうすることしか出来ない。紅葉先輩という紅髪のセクシー美女の恋人が居ながら安易にエロ本で満足してしまう俺には。

「……よし、こんなものかな。孝志くん、こっち向いて?」

エロ本の仕分けが終わったのだろう、紅葉先輩が俺の名を呼ぶ。その声に応じるようにゆっくりと俺は顔を上げて先輩の顔色を窺《うかが》ってみる。

「……なんで、笑ってるんですか?」

目の前には意外にもご満悦《まんえつ》な様子の紅葉先輩。てっきり怒っているのだろうと思っていた為、彼女の様子に少しばかりの恐怖《きょうふ》を覚える。

けれど、そこにいたのは紛《まぎ》れもなくいつもの紅葉先輩だった。

「孝志くんってば、そんなに私とえっちしたかったの～？」

こんな突拍子もない事を言うのはいつもの紅葉先輩でなくてなんなのだろうか。

「えっと……一体なんの話ですか？」

「だっておっぱいだったり太ももだったり、キミがしょっちゅう視線を落とす所じゃない」

「……一体なんの話ですか!!?」

本気で先輩がなんの話をしているのか見当皆無《かいむ》だ。俺が先輩の胸や太ももを眺《なが》める事とエロ本が彼女のいう『えっち』につながるというのだろうか。

確かに先輩の魅力的な胸元や、むっちりとした太ももに視線が行ってしまうのは否定できないがそれとこれとは話が別だろう。

いつもの突拍子もない先輩に俺は内心振り回されていると、またも変な事を言い出す。

「だ～か～ら～、こっちの本を私に見立てて自分を慰《なぐさ》めていたんでしょ？」

「ノーコメントで」

「黙秘権《もくひけん》はないからちゃんと答えてね～」

どうやら逃《に》げ道《みち》はないようだ。先輩というものが居ながらエロ本で満足していた俺への報《むく》いなのだろうか。

だからと言って、エロ本を我慢《がまん》して先輩に直接アプローチ出来たかと言えば、無理だ。

きっと揶揄いながら上手《うま》くあしらわれて終わってしまう。

だって、付き合って一年近く経《た》つのに未《いま》だにキス手前まで。いい雰囲気《ふんいき》になっても、『まだダーメ♡』と言って唇と唇の間に人差し指を割《わ》り込ませてきて純情を掻《か》き乱してくる。

そんな先輩に『エロ本じゃ我慢できなくなったのでエッチなことしてください‼』とは言えるはずもない。

当然、エロ本を先輩に見立てて一人寂《さび》しくやってたなんて報告もできるはずがない。

「ちなみにちゃんと答えてくれたら、そのうち本に描かれている事してあげてもいいけど？　もちろん捨てたりなんてしないから安心してね？」

「しました。ほぼ毎日自分で自分のを慰めていました」

「そういう潔《いさぎよ》いキミも私は好きだよ」

「ありがとうございます」

先輩自らエッチなことをしてくれると言うのであれば話は別だ。

性欲の前に俺は吹《ふ》っ切れてしまった。

そうだよ。生理現象なんだから仕方ないじゃん。俺だって健全な男子大学生だ。エロ本のお世話になったっていいじゃないか。しかもそれが、恋人からの許可なのだから尚更だ。

「で、こっちの残った方だけど」

「あ、はい」

さっきまでの話は左側にあった本での話。

そして今、紅葉先輩が指差しているのは右側の、先輩が好ましくない反応をした本たち。けれど、今の機嫌《きげん》のいい先輩ならきっと好ましくない本でも許してくれるだろう。俺はそう確信している。だって、今日の前の先輩はいつになく笑顔なのだから。

「今からコンロで燃やして？」

「……今、なんて？」

「聞こえなかった？　私に見立てる要素がない本を今から燃やし尽《つ》くしてねって言ったの」

「もしかして、結構怒ってます……？」

変わらずニコリと笑う紅葉先輩。その反応が全てを物語っていて、それでいて今までで一番怖《こわ》かった。

「はい。仰《おお》せのままに」

今日は俺の誕生日。そしてエロ本所持数が半分になった日でもある……。

「さて、一通り掃除《そうじ》も終わったし、改めてお誕生日おめでとう」

「あ、あはは……ありがとうございます……」

コンロで燃えて飛び散ったエロ本の残骸《ざんがい》を集め終えた紅葉先輩と俺はくたびれた様子でリビングのクッションに座《すわ》り込む。

先輩の目論《もくろ》みでは上手く焼き燃やせると思っていたらしく、まさかコンロの火口からの風で吹き飛ぶとは思いもしなかったようだ。先輩の慌《あわ》てふためく姿が少し可愛く、思わず笑ってしまいそうになった。

とはいえ、エロ本を自らの手で燃やしたショックは大きく、しばらく立ち直れそうにない。神妙《しんみょう》な表情を浮かべ、先輩からのお祝いの言葉も苦笑いで返すことしか出来ない。

そんな俺を前にしても先輩は先輩のままで、重苦しい空気の中にあっけらかんとした声が響《ひび》き渡《わた》る。

「大丈夫大丈夫。私だってそう鬼《おに》じゃないわ。今度、お詫《わ》びのものを用意してあげる」

「お詫びって、例えばどういう……」

「え、私のえっちな自撮《じど》り写真集とか？」

「まさかの自作とは」

「ちゃんと印刷業者に依頼《いらい》して、製本して貰うわ」

「そこまでしなくてもいいと思いますよ!?」

相変わらず先輩《せんぱい》の考えが一切《いっさい》読めないが、少なくとも『先輩を想起させないものでは思い耽《ふけ》ってはダメ』というのだけはわかった。

先輩の不安は分かる。俺《おれ》だって先輩が俺以外の男を頭に浮かべながら思い耽ってたら嫌《いや》だ。今回燃やすことになったエロ本たちは先輩の不安解消する為の生贄《いけにえ》だと考えたら安い。

褐色や青髪の子にうつつを抜《ぬ》かさずにもっと先輩成分を補給すればなんてことない。

そう、先輩が揶揄ったりせずにスキンシップを取らせてくれればなんてことはないのだ。

先輩の不安を理解すると同時に、『果たして先輩は本当に俺の事が好きなのだろうか』と、今度は俺が不安になってしまう。

好きでもない相手に同居を持ち掛けるような軽い女性では無いと分かっているけれども、未だにキス手前までしかしてない身からしたら、『先輩の好きは〝ラブ〟じゃなくて〝ライク〟なのでは?』と不安を持たずにはいられない。

それはそれとして、印刷業者に依頼するというのは少しいただけない。業者で製本するということは、少なくとも業者には先輩の自撮りが見られてしまうということではないか。

先輩の、えっちな自撮りが。

それだけは阻止《そし》をしたい。紅葉先輩のえっちな自撮り写真の一から十まで誰《だれ》の目にも見られたくない。先輩のちょっと過激なところは俺だけが知ってればいい。

まだ、自分の口から本人に伝えることなんてできないのだけれど……。

「とりあえず、孝志くんもお酒飲んでみよ？　初心者でも飲めそうなの買ってあるから」

「あっ、はい！　お手柔《てやわ》らかにお願いします!!」

あれこれ考えていると、気づいたらグラスを渡されていて元気に返事までしてしまった。

俺の悪い癖《くせ》。流れを断《た》ち切る事が出来ずに自分の言いたい事や伝えたい想いをなぁなぁに流してしまう。

全部なぁなぁだ。先輩に俺の事を本当に好きかどうかを確かめられず、キスしたい事も伝えられず、そしてその先の事も当然……。

せっかくの誕生日なのに少し自分を嫌いになる。生まれて初めての恋人と過ごす誕生日なのに、ズンズン気持ちが沈《しず》んでいく。

そんな状態から抜け出す為に俺は先輩から勧《すす》められたお酒をためらう事なく飲んでいく事にした。少しでも気持ちをハイにする為に。

「まずはカルピコサワー。度数が低くて飲み易《やす》い甘《あま》さだから初めてのお酒にオススメ」

「カルピコソーダみたいな感じですね！」

「まぁ、そのソーダをアルコールに変えただけだもの」

口の中に広がる甘い酸味。その後に広がる仄《ほの》かな違和感《いわかん》。きっとこの後味がお酒、アルコールの味なのだろう。

思ったよりなんて事ない。むしろ、気持ちが昂《たかぶ》ってくる。沈んでいた気持ちが、軽くなっていく気がしてくる。

この調子で、次のお酒を手に取り先輩のお酒紹介の後に一気に口に含《ふく》んだ。

「続いて、チョーマの梅酒。定番中の定番のお酒だから味を覚えておいて損はないよ」

「自販機《じはんき》で時々見る梅おろしジュースみたいな味で結構イけますね！」

「そりゃ梅だもの」

鼻に直接入ってくる梅の強烈《きょうれつ》な香りと一緒に旨味《うまみ》が舌に広がっていく。カルピコサワーを飲んだ時に感じた違和感は無く、梅そのものの美味《お い》しさを味わっているようだった。

しかし、やっぱり飲んでいるものはしっかりとお酒で、ヒリヒリとした感覚が喉奥《のどおく》で疼《うず》いている。

それでも、自分が今感じたい『ハイな気分』にはまだ程遠い。結局俺は、用意された最後のお酒にも躊躇《ちゅうちょ》なく手をつけることに……。

「最後にコレ。やっぱり一度は飲んでおこう。アサヒのハイパードライ！」

「苦い……っ！　けど仄かに感じる旨味……。これはなんかクセになりそう……!!」

「いい飲みっぷり!!　これは外で飲める日が近いかもね!!」

先輩の嬉しそうな反応とは裏腹に、俺は心の中で喜び満ちていた。頭がフワフワとする感覚。それでいて昂る気持ち。

求めていた『ハイな気分』にたどり着けた事を一人心の中で喜んでいた。

そんな独り善がりな喜びも束の間、視界が急激に歪《ゆが》む。

「あれ……先輩、イリュージョン覚えました？　ものすごくグニョグニョしてますよ？」

「ありゃ、やっぱり酔《よ》っちゃったか」

「ボクは酔ってましぇん!!」

「酔ってないって強がる人は大抵《たいてい》ダメだから。ちょっと待っててね、今お水持ってくる」

そう言って俺のそばから一旦離《いったんはな》れようとする紅葉先輩。そんな先輩のシャツの裾を俺は無意識に掴《つか》んでいた。

「あの、孝志くん……？」

「先輩は……俺の事、本当に好きですか……？」

ハイな気分になっていたはずの俺の口から、女々《めめ》しい言葉が飛び出ていく。

頭はフワフワしてるのに気持ちは逆に重苦しい。

「もちろん好きよ」

「本当ですか……？　実はドッキリでしたとか、ないですか……？」

「無いわよ。ちゃんと君だけが好き。本気で君に恋《こい》してるわ」

「じゃあ……キスしてください……」

女々しい自分を止めたいのに、そんな俺の意思とは関係なく心の中で思っていた言葉がどんどん口から出ていく。抑《おさ》えていた枷《かせ》が目から流れ落ち、溢れ出た不安が先輩の耳に入っていく。

紅葉先輩はそんな俺をただじっと、真剣な目で見つめてくる。

さっきまでのヘラヘラとした表情とは一変した真面目な先輩が、お酒で濡《ぬ》れた唇を小さく開けて、ポツリと質問。

「……したいの？」

「俺は大好きな紅葉先輩とキスがしたいです……。先輩は違《ちが》うんですか？」

また本音が零《こぼ》れ落ちる。不安が零れ落ちる。

先輩ともっと、親密になりたいという気持ちが肥大する。それが、キス止まりというのが自分らしくて少し情けなくはあるんだけど……。

かといって、無責任なことなんて出来やしない。二十歳《はたち》になったからといって、全ての行為《こうい》に責任を持てるわけでもないから……。

『紅葉に何かあったら、お父さんがどんなになるか……』

先輩のお母さんの声が反芻《はんすう》する。直後にお母さんからのお墨付《すみつ》きがあったけれど、その何かが恐ろしくて先に進めない。

先輩の父親が厳しいということは、先輩の口から何度か聞いていたから。

でも、それでも……キスくらいはもう、いいよな……？

待つ。先輩の返事を待つ。濡れた唇で何を答えてくれるのかを、期待しながら。その唇が肌《はだ》に触《ふ》れるのを、期待しながら。けれど、そういうときほど先輩は意地悪だ。

「もちろんしたいわよ。でも、今じゃないかな」

「それは俺の事が本当は好きじゃないからですか……？」

「そうじゃないの。ただ、酔っ払《ぱら》った勢いで大事なものをあげたくないの」

俺の隣《となり》に座り直《なお》し、自分のカバンから飲みかけのお茶をとり出すと、そのまま俺の口に押《お》し当ててくる。

不意に口の中に入れられたお茶は、いつもより何倍も濃《こ》くて苦かった。先輩好みの甘いお茶と同じものとは思えないくらいに……。

「だから、キスは朝まで待って？　それまではちゃんとそばにいてあげるから、ね？」

「……はい」

お酒の酔いにとうとう打ち負けた俺は、そのまま沈むようにと目を閉じていき、そのまま誕生日を終えるのだった。妄想《もうそう》していた誕生日とは程遠《ほどとお》い、苦味を噛《か》み締《し》めながら……。

「うう……頭いてぇ……」

カーテンの隙間《すきま》から差し込《こ》む陽の眩《まぶ》しさに、深い底に沈んでいった意識が目を覚ます。

爽《さわ》やかな朝の日差しとは正反対に、ズキズキと鈍《にぶ》く痛む俺の頭。普通《ふつう》の頭痛とはまた違う、反省を促《うなが》す痛み。どうやら俺にはお酒はまだ早かったみたいだ。

「俺……いつの間に寝《ね》たんだろう……。ベッドにも入った記憶《きおく》がないし……」

ガシガシと頭を引っ掻き頭の痛みを誤魔化しながら昨日の出来事を思い出そうとしてみるも、そこにお酒を飲んだあたりの記憶がなかった。

先輩に対しての不安な想《おも》いをかき消そうと、先輩にオススメされたお酒を片《かた》っ端《ぱし》から飲んだのは覚えているが、その後どんな話をしたのか、どんな気持ちでいたのか、全く覚えていない。

「というか、なんか懐《なつ》かしい匂《にお》いがするな……これってキッチンの方……？」

ほのかに部屋中に漂《ただよ》う懐かしい匂いの根源に目を向けると、そこには昨日と打って変わってしっかり者の紅葉先輩が立っていた。

昨日と同じ薄手《うすで》のTシャツなのに、キッチンに立っているだけで全く別人にすら思える。

「先輩……何してるんですか……？」

「ん？　何ってそりゃ、朝食作りだよ～。特に酒飲んだ翌朝の味噌汁《みそしる》は格別」

「そうじゃなくて、帰らなかったんですか……？」

「初めてお酒飲んで酔っ払った男の子を放っておいて帰れるわけないでしょ」

「それは……そうかもしれませんけど……」

「孝志くんだって、私がベロンベロンに潰《つぶ》れてたら介抱《かいほう》してくれるでしょ？」

「当たり前です。放っておけるわけないですって！」

「そういうことよ」

「あっ……」

普段《ふだん》はだらしない先輩でも、やっぱり大事なところではしっかりと大人で、ドキリとしてしまう。しかも、背中を向けたまま顔だけこっちに向けてくるものだから尚更。

視線を下に向ければ、むっちりとした太ももを露《あら》わにしているホットパンツ。薄《うす》い青色のジーンズ生地《きじ》を押し広げた恋人《こいびと》のお尻《しり》にもまたドキッとしてしまう。

「それに約束しちゃったし、ね」

「約束……？」

「ううん、こっちの話」

また振《ふ》り向きながら大人の表情をこちらに向けてくる先輩。真紅の髪が纏まったことでチラチラと見える整った耳がドキドキを加速させてくる。

しかし、そう長くドキドキさせてくれるほど先輩との日常は甘くない。

「とりあえず、顔とか洗ってきたら？　寝癖《ねぐせ》、すごい事になってるわよ？」

「あっっ……！」

先輩の言葉に釣《つ》られて慌てて髪《かみ》を押さえたが時は既《すで》に遅《おそ》かった。手で触《さわ》っただけで分かるくらいの爆発《ばくはつ》具合。俺が先輩の仕草にドキドキしている時、先輩は俺の爆発頭を見てクスクスと笑っていたのだろうか。

そう思うと、赤面せずにはいられなかった。

「もう、隠さなくてもいいのに。同居したら隠せなくなるんだし」

「今はまだ同居してません」

「なら先に孝志くんのかわいい一面知っちゃった。やったね、お得だ」

「寝癖がかわいいとか、先輩のかわいい基準がよく分かりません」

「寝癖がかわいいんじゃなくて、君の慌てる姿がかわいいんだよ～」

俺の思いを露《つゆ》知らず、いつもの様に揶揄《からか》ってくる紅葉先輩。

昨日の先輩の言っていた『同居』の話が消えてなかった事に少し安心を覚えながらも、俺もまたいつものように先輩の揶揄いに対抗《たいこう》する。

だけど、やっぱり俺が先輩の揶揄いに勝てることはない。

「……寝癖、速攻《そっこう》で直してきます」

「ゆっくりでいいからね～」

「超速《ちょうそく》で直します!!!」

結局、洗面所へと駆《か》け込むことになった。

先輩ののほほ～んとした声を背に、気づけば俺はいつもの様にニヤニヤしてしまう。

こんなんだから先輩に揶揄い続けられるのだろうと分かっていながらも。

鏡の前には黒髪《くろかみ》の男子大学生。頭の中には紅髪の美女大学生。

「どう考えても釣り合ってないよなぁ……」

目の前の自分といつも隣にいてくれる恋人の容姿の差に、俺のコンプレックスが燻《くすぶ》る。

目鼻立ちはしっかりしてるし、いわゆる『ブサイク』と言われるほどではないけれど、分がいる。

どうしても紅葉先輩と比べてしまう。俺は先輩と釣り合っているのだろうか、と。

先輩が容姿だけで人を判断するような人では無いと信じてはいても、気にしてしまう自分がいる。

それは自分が弱いから。先輩が俺を好いてくれてる現実が、いつか壊《こわ》れて夢になるのが怖いから。

だったら、初めから釣り合わないと考えていた方が気が楽ではないか。

そう思って約一年が経った昨日、『同居』と『結婚《けっこん》』について先輩の口から聞かされた。

「しっかり、しないと……だよなぁ……」

先輩が本気で俺を好いている。『結婚』が本気か冗談《じょうだん》か定かではないけれど、本気で俺の事を好きでいてくれる。そんな彼女《かのじょ》を前に俺がいつまでも後ろ向きのままではいけない。

少しずつでも弱い自分を、心の弱い自分を強くしなければ。今からでも、そして『同居』した後も……。

そんな強い決意をしながら、髪を整え終えた俺は先輩の待つリビングへと足を運ぶ。

部屋中に広がる美味しそうな匂い。そしてそれを体現したような食欲が唆《そそ》られる料理。

目玉焼きにウインナー、千切りキャベツに豆腐《とうふ》の味噌汁。日本の朝ごはんがテーブルに並ばれている。

それを用意したのは紛れもない恋人の紅葉先輩。そんな先輩の今朝、キッチンに立つ姿を思い出しながら俺は食事を始めた。

「なんか、様になってましたね、先輩の家事」

「そう？　それなら頑張《がんば》った甲斐《かい》があったかな」

「家でよく手伝ってたとか？」

「お母さんに家事仕込《しこ》んでもらったの。私がこうやって朝ごはんを振る舞《ま》えるようにね」

「そ、そうなんですね……」

きっと、それは『同居』を見据《みす》えての仕込みなのだろう。そう思うと、少し反応に困ってしまった。

『同居』が始まれば毎朝どころか、毎日今朝のような光景を見ることになると思うと、嬉《うれ》しくて堪《たま》らない。その反面、きっと揶揄われると思い、喜び出すのを惜《お》しんだ。

が、それすらも彼女にとっては想定済みだったようで、俺の反応を見るや否《いな》や顔を覗《のぞ》き込ませながらニヤリと笑って問いかけてくる。

「照れてる？」

「照れてません」

「本当に照れてない？」

「照れてませんってば」

「じゃあ私を見てよ～」

「それはちょっと、今は出来ません……」

「やっぱり照れてるじゃない～」

先輩の怒涛の攻めに、俺はついに陥落《かんらく》してしまった。

いや、可愛《かわい》さと美しさを両立させる紅葉先輩に顔を覗き込まれながら問い詰《つ》められて照れない男がいるだろうか。少なくとも俺には無理だ。

照れていないと強がっていても自然と表情はニヤけてしまうし、私を見ろと言われても見れる訳がない。きっと、いや間違《まち》いなくもっとニヤけて、さらに先輩から揶揄われる事になる。そう思って顔を逸《そ》らしてみても、結局揶揄われてしまった。

いつまで経っても揶揄いを止《や》めない紅葉先輩に俺は別のアプローチを仕掛ける事にした。

「と、ところでさっき言ってた約束って……？」

「あ、話逸らした。もー、照れたのを隠さなくてもいいのに～」

「うっ……」

「まぁ、そういう孝志くんが私は好きなんだけどね～」

無理矢理《むりやり》話題を逸らそうとしている事を見抜《みぬ》かれるどころか、トドメにまた揶揄われる。

俺はきっとこの先、先輩に揶揄われ続けるのだろう。不思議とそれを嫌と感じない自分がいる事に今更《いまさら》ながら気がついた。

そんな俺の気付きを打ち消すような真面目な声が先輩の口から聞こえてくる。

「その様子じゃあ、昨日酔ってたときのことは覚えてないわよね」

「……ごめんなさい」

「ううん、謝《あやま》らないで？　むしろ謝りたいのは私の方。色々と我慢させてたみたいだから。ごめんね、揶揄って色々ともどかしい思いをさせて」

「それって……」

「昨日、酔った勢いで君が教えてくれたの」

思わず謝ってしまったが、先輩は真面目な声とは裏腹に表情はとても穏《おだ》やかだった。

それ以上に先輩が最後に放った言葉が気になった。

――酔った勢いで君が教えてくれたの。

俺は昨日、一体何をしたんだろうか。酔って、先輩に何を言ったのだろうか。どこまで、心の中の不安を語ってしまったのだろうか。

知られたくなかった事を自分の言葉で説明してしまったことに恥《は》ずかしさを覚えると同時に、真剣《しんけん》に俺の事を心配してくれる先輩に愛《いと》おしさを覚えてしまう。

「君を揶揄うのは多分これからも止められないけど、心の底から好きなの。だからこそ、ずっと我慢してたの。嫌《きら》われたらどうしよう。尻軽《しりがる》だと思われたらどうしようって」

「そんなこと思うわけ……っ！」

「そうだよね。うん、分かってた。そんな君だから、好きなんだもの」

俺はさっきまでとは違った理由で紅葉先輩の顔を見れなくなってしまった。

照れ隠しとは違う。先輩があまりにも愛おしく見えてしまい、これ以上見ていると理性なんて吹き飛んでしまう気がして顔が見れないのだ。

けれど、大事な決断を迫《せま》られるときはやはりいつも突然《とつぜん》で、考えさせてくれる時間すらもそう与《あた》えてくれない。

「ねぇ、しよっか」

「するって、何をですか……」

「もちろん、キスよ」

俺の返事を聞くまでもなく先輩は立ち上がり、テーブルの向かいにいる俺の顔を両手で優《やさ》しく包み込む。

「やっぱり寸止めですか？」

「しないわ」

「間接キスの方ですか？」

「ダイレクトキスよ」

「……鼻と鼻――」

「マウストゥーマウス」

うじうじと俺が質問してる中、先輩は俺の唇《くちびる》を親指でプニュプニュと押して遊んでくる。

チラリと先輩の顔を見てみれば、唇は瑞々《みずみず》しく瞳《ひとみ》は熱っぽい。そこに揶揄い上手の先輩は居らず、代わりに恋する乙女《おとめ》が宿っていた。

そんな先輩に、俺は何度目かの恋をする。

「質問はもうおしまいかしら？」

「俺、初めてなのでその……お手柔らかに……」

「ふふ、分かったわ。初めては優しくしてあげる」

ニコリと微笑《ほほえ》んだ先輩の唇はみるみるうちに俺の唇へと近づいていき、やがて優しく触れ合った。

優しく触れ合うだけのキスなのに、それは今まで想像してきた先輩へのあんな事そんな事よりも、濃密《のうみつ》なものだった。それがたとえ、味噌汁の香りのするキスだとしても。

◇閑話《かんわ》◇

「はぁぁ～、とうとうやっちゃった～～っ！」

孝志くんの部屋を出て、人気《ひとけ》のないところで赤面悶絶《もんぜつ》。

今までずっと我慢してきたキスを、軽々しい女だと思われたくなくて我慢してきたキスを、二十歳の誕生日記念として捧《ささ》げてしまったことに今更ながら自覚する。

自覚して、認識《にんしき》して、体の火照《ほて》りを感じて、本気で孝志くんのことが好きなんだと何度目かの再認識《さいにんしき》をする。

大好きな彼《かれ》のことを頭に思《おも》い浮《う》かべる度に、またキスがしたくなってきて堪らない。

かれこれ、三度目。部屋を出た直後。彼の住むアパート近くの交差点。そして、駅商店街の裏路地。度重《たびかさ》なる確認《かくにん》をしてしまう。

私の心が導き出す答えは変わらない。変わることなんてなかった。

好きなんだから仕方ないよね。

たとえ、お酒の勢いでキスしたとしても、私から彼に送る想いが変わることも薄まることもない。

いや、むしろお酒があったからこそ、ようやくキスにたどり着けたんだ。

そう考えると、お酒の力を借りるのも悪くないのかもしれない。

「……うん。考えても変わらないし、早く帰ろっと！　早速《さっそく》、同居の準備しないとだよね！」

気合を入れると共にサイドテールを解く。いつもの外行きの様相に戻《もど》して帰路へと就く。

「こんな時間に、美人が一人……わんちゃんあるか？」

「ばっか！　相手もいないのにこんな時間に駅にいるわけないだろ！」

「そりゃそうだよなぁ……。チッ、相手が羨《うらや》ましいぜ……」

周りのざわつきなんてどうでもいい。下劣《げれつ》な考えだけで、私を見ている男性になんて興味ない。魅力的《みりょくてき》になんて思えない。

私が好きなのは真面目で、でも時々可愛らしい一面のある。そんな、男性。

もっとも、そうなったのは、ここ一年……サークルの新歓《しんかん》でポツンと孤立《こりつ》している真面目っ子を見てからだけど、ね。

「あ～、早く孝志くんと住みたいなぁ～」

ポツリと零れる願望。一緒《いっしょ》に住んで、一緒に起きて、一緒に大学に向かう。先に帰ってきた方が夕食の準備をして、待ち構える。当然、食事も一緒。

食事だけじゃない。晩から朝まで、ずっとイチャイチャすることだって出来る。昨日みたいなことが、これから毎日できるかもしれないのだ。

今すぐには無理。孝志くんからそういわれてしまっても、想いはどんどん加速していくばかり。

明後日《あさって》なら？　それとも一週間後？

待ち遠しさを胸に、次のキスを楽しみにしながら、私は帰りの電車に乗り込んだ。

第二章　次第に無くなる逃げ場

　俺の誕生日から数日が経ったある日の事。俺はいつもの様に『今日も遊びに行くね！』と送ってきた先輩を迎《むか》え入れるべく部屋を掃除しながら待っていると、玄関《げんかん》のチャイムが鳴り響いた。

「孝志《たかし》くーん、鍵《かぎ》開けてもらってもいい？」

「いいですけど、何かあったんですか？」

「今日は孝志くんに開けて貰《もら》いたいな〜、なんて思ってね」

「そういう日もあるんですね」

「あるんだよ〜」

　部屋の合鍵《あいかぎ》を常備しているはずの先輩の珍《めずら》しい行動に違和感を覚えつつも、俺は何の抵《てい》抗《こう》もなくドアの鍵を開ける。外で待っていたのはいつもの紅葉《くれは》先輩と見慣れない大荷物。

「えっと、先輩……これは……？」

「え？　そりゃもちろん、孝志くんのお部屋で同居する為《ため》のセットだよ！」

「そんな『当たり前でしょ！』みたいな勢いで言われても……」

先輩が持ってきた大荷物は二つ。一つは衣服やら化粧《けしょう》道具などの紅葉先輩のみが使うもの。そしてもう一つがペア食器と先輩の母親からの手紙。

「……いきなりすぎません？」

「そういうものよ、人生というのは」

「せめて日付くらい教えてくれません⁉　心の準備とか全くできてないんですよ‼︎」

「予知能力を人間に授《さず》けなかった神様を恨《うら》むことね」

「先輩自身に文句言っているんですけど‼︎」

「一体私が何をしたというのかしら？」

「全く心の準備させてくれなかったじゃないですか！　昨日だって遊びに来てたのに今日の事言わずに、キスの事で揶揄って帰ったし！」

先輩はいつだって勝手だ。同居の話を持ち出してきたり、先輩自身が色々と抱《かか》え込んでいることを隠《かく》してキスを拒《こば》み続けてきたり、かと思えばこの間の朝食にキスをしてくるし。

今日だってそうだ。同居の話は知っていてもそれがいつからだとは聞かされていない。聞いても『んー、いつだろうね～？』と誤魔化《ごまか》されてきた。

しかも、俺が怒《おこ》っているのにもかかわらず先輩はドヤ顔やら惚《とぼ》け顔をして、俺の話に身

が入っている気が全くしない。

同居の話を持ち出されたあの日に、今すぐには無理とわがままを言った俺への当てつけだろうか？

いや、そんなわけないか。先輩が俺に当てつけをするとしたら、もっと刺激的《しげきてき》だ。

むしろ、俺のヤキモキした反応を見て楽しんでいるのでは、と疑ってしまう。

「だって、初めて君とキスした時の反応を思い出したら、ついね？　あの日は目を蕩《とろ》けさせてキスの余韻《よいん》に浸《ひた》って、生返事ばっかりだったじゃない」

ニコリと口角を上げて言う先輩を前に、そう思わずにはいられなかった。

この間の部屋着用の緩《ゆる》いTシャツとは違い、かわいらしくもちょっぴり小さい白シャツにかっこよさを醸《かも》し出した黒のレザージャケットを羽織った先輩。

しかし、そのかっこよさをよく見てみれば胸元《むなもと》や腰《こし》周りがぴっちりとしていて、先輩の元々持つセクシーさが強調されているではないか。

かわいらしさ、かっこよさ、セクシーさ、そしていつもの揶揄い顔。俺を動揺《どうよう》させるのに十分過ぎる組み合わせだった。

「そりゃあの時は人生初めてのキスだったわけですし……」

「で、終わったら終わったで、悶々《もんもん》としちゃったんだ？」

「して……ません っ！」

「誤魔化さなくたっていいのに～。私は悶々としたよ～？」

「……そうなんですか？」

「あ、えっちな顔してる～。このすけべ～～」

「なっっ……！」

また揶揄《からか》われてしまった。しかも図星を突《つ》かれる形で揶揄われてしまったのだから、いつも以上にダメージがでかい。

いや、そもそも紅葉先輩とのキスで悶々としないはずがないのだ。一目見ただけで大勢の人を魅了《みりよう》してしまうプロポーションに、度々《たびたび》揶揄ってきてもどこか憎《にく》めない明るい性格。そんな恋人の口から自分とのキスの後悶々としたと聞かされれば、えっちな顔になってしまう。ならざるを得ない。

普段はのらりくらりとしてる先輩がどんな風に悶々とするのか。どんな表情をしながら悶々とするのか。どんな艶《つや》っぽい声を出すのか。

先輩の事を考えれば考えるだけ、ドツボにハマっていく。

「とまぁ、冗談はさておき、今日まで言わなかったのは勇気が無かったからよ」

「勇気？」

「そりゃあ、私だって乙女だもの。いざ同居ってなった時に、君に変なところを見せて嫌われたくないんだよ？」

「ま、まぁそうですよね」

俺が甘い言葉に振り回されていると、突然真剣《とつぜんしんけん》な表情に切り替《か》わる先輩。

一瞬《いっしゅん》、先輩が何を言っているのかわからなかったが、やっぱり先輩もちゃんと人間で女の子で、先輩なりに思い詰めているものがあるのだと実感する。

それに俺だって見られて困るものはこの間のエロ本以外にもまだある。それは先輩も同じだろう。物質的なものに限らず、弱いところや心の奥《おく》にあるものは出したくないものだ。

俺は酔った勢いで、先輩は初キスの直前に少し漏《も》れ出てしまったけれども。

けれど、心の奥底《おくそこ》にあるものは同じなのだろうとも確信する。

「でも結局、君と長く一緒にいたいって気持ちには勝てなかったよ。自分の変なところを見られるよりも君の変なところを見たい気持ちが勝っちゃった」

揶揄う時の笑顔《えがお》じゃない。本気で恋する紅葉先輩の笑顔が俺に向けられる。

そんな先輩の笑顔に俺は初キス以上の悶々とした気持ちに襲《おそ》われるのだった。

あぁ、先輩にはやっぱり敵《かな》わないや……。

そう心の中で呟《つぶや》きながら。

『自分勝手な娘《むすめ》ではありますが、末長く一緒に過ごしてあげて下さい』

先輩の母親からの手紙にはこう書かれていた。

「……重い」

何というんだろうか。そこはかとなく『愛娘《まなむすめ》と別れたら許さないから』と言われてる気がしてならない。

別に先輩と現状別れるつもりはないけれど、俺が先輩に飽《あ》きられないか心配だ。紅葉先輩は俺と違って人気者だから。

先輩の母親の気持ちは分かるけども、俺に先輩を引き留める自信はあまりない為、手紙の内容に素直《すなお》に頷《うなず》けなかった。俺の心情を読み取ってなのか、ポツリと愚痴《ぐち》をこぼす。

「全く、お母さんってば余計な事書かなくていいのに……」

「それだけ愛されてるって事ですよ」

「それは分かってるんだけどね。でももし孝志くんのプレッシャーになったらと思ったらちょっと、ね？」

「先輩……」

いつもの俺を揶揄ってくる先輩が嫌いというわけではないが、目の前にいる大人な雰囲《ふんい》気《き》の先輩には流石《さすが》に敵わない。嫌いになるどころか、プレッシャーに感じるどころか、先輩に飽きられないように頑張らないと、という気になってしまう。

つまるところ、紅葉先輩の事がもっと好きになってしまった。

何度も何度も先輩の動作一つ一つに胸をときめかせてしまう自分。そんな俺だからこそ、先輩は揶揄うのをやめないのだろう。

先輩の揶揄いに嫌悪《けんお》感を覚えないのも、それだけ先輩の事が好きと言う事なのだろうか。

「さてと、しんみりした話はここまでにして……お酒飲もう!!」

「……切《き》り替え早すぎません?」

あれこれと考えていると、先輩がパンッと勢いよく掌《てのひら》を叩《たた》く。

さっきまでの大人な雰囲気の先輩はどこへやら。二つの大荷物をリビングの端《はし》に置き、先輩は三人掛《が》けソファーに腰《こし》掛けた。いつも通りの、見慣れてしまったダラけ姿である。

さっきまでの先輩へのドキドキを返してもらいたい。

そんな事を思っていると、ニヤリと口元を緩めながら先輩が俺に問いかけてくる。

「え？　もっとしんみりしていたい？　私とラブラブしてくれないの？」

よく先輩の口元を見れば、レザージャケットに合わせる様に艶っぽく口紅が塗《ぬ》られていた。そんなところに気づいてしまえば嫌《いや》でも思い出す初めてのキスの感覚。

ふにゅ……と柔《やわ》らかく、それでいて唇を離《はな》すときは少ししっとり……。

もちろんキスだけで終わるほど先輩《せんぱい》への思いは軽くなく、柔らかさとしっとりさの先を求めたくなり先輩が帰った後の悶々とした時間を過ごした。

そして今も、先輩を感じたいと強く願っている。先輩を求めてしまっている。

それらの感覚の根幹にあるのが何かと聞かれれば、たった一つしかなかった。

「……ラブラブしたいです」

「すけべな君ならそう言うと思ったよ～」

「俺《おれ》はすけべじゃないで――――」

「もしすけべだって認めたら、この間のキスの続きしてあげてもいいんだけどなぁ～」

「俺はすけべです」

「うんうん、素直な孝志くんが一番好きだよ～」

先輩には大人な時でも、ダラけてる時でも、変わらず心を振り回されるばかりだ。しかも、それに心地《ここち》よさを覚えてしまっている自分がいるのだから、もうどうしようもない。

それに、エロ本の一件があるんだ。今更、取り繕《つくろ》うというのも無理な話。

キスの続きをしてくれるというのなら、尚《なお》のこと……。

「ん～？　そんなに唇ばっか見て、どうしたの～？」

「……なんのことですか？」

「孝志くんの熱視線で唇が火傷《やけど》しちゃったもの。嫌でも気づくわよぉ〜」

「見られるの、嫌でしたか⁉」

「やっぱり見てたんじゃない。す・け・べ」

「〜〜〜〜っっっっっ‼︎⁉」

きっと俺はこのまま、先輩に心を揺さぶられて日常を過ごしていく事になるのだろう。

朝も昼も夜も、そして寝ている時も……。

それがまた、魅力的に思ってしまっている俺は徹底的《てっていてき》に先輩に心を支配されているに違いない。視線すらも、そして純情すらも。

心をかき乱されながらも、先輩の隣に座《すわ》る。心臓は、求めていることをされたわけでもないのにバクバクだ。

「それで、孝志くんは何飲む？　甘《あま》いのから苦いのまで一応一通り持ってきたけど」

「えっと……甘いので……」

「んふふ、甘いキスを御所望《ごしょもう》と」

「それは言ってないです」

ふわりと漂ってくる甘ったるい香水《こうすい》の匂いに魅了されながらも、俺は平静を保ちながら会話を続ける。

大人な服装に和《なご》やかな雰囲気、そして近くによれば脳髄《のうずい》まで蕩かすような甘い匂い。

「じゃあ、甘いキスは嫌？」

「……嫌とも言ってないです」

「そういうことにしといてあげる～」

――止《と》めに、先輩のイタズラな笑顔。

もう、俺の心はトロトロだ。

「じゃあ、私も甘いのにしようかな」

そう言って、先輩は一度ソファーを離れて、大荷物の中から缶《かん》チューハイを取りだして、また戻ってくる。

たった三動作の短い時間だと言うのに、それすらもの寂《さび》しく感じてしまった。

まだお酒は飲んでいないのにも拘《かか》わらず、視界が揺らぐ。心が揺らぐ。

「じゃあ、同居記念にカンパーイ」

カチーンと鳴り響《ひび》くカンパイの合図。俺は刹那《せつな》、揺らぎを抑え込む為甘《ためあま》い酒をトクトクと口の中に注いでいった。

もしかしたら、俺には先輩との同居は早すぎたのかもしれない。

そう、依然《いぜん》として悶々としたままの自分に問いかけながら。

「よーし、いい感じにお酒が回ってきたし、さっそく孝志くん御所望のあま～いキスしちゃおうっか？」

「も、もうしちゃうんですか？　まだ心の準備が……」

「えー？　私は乾杯《かんぱい》した時から気持ち整えてたのに、孝志くんはその気はなかったって事？　さみしーなー」

「そ、そんなんじゃないですよ⁉　ただ、甘いキスっていうのがどういうのか想像できなくて、準備のしようがですね⁉」

「つまり手取り足取り、私に教えて欲《ほ》しいと？」

「う……っ」

十月中旬《ちゆうじゆん》の夜。先輩彼女《せんぱいかのじよ》が同居道具を持って部屋にやってきて早々、荷物の整理を放《ほ》ったらかして宴《うたげ》を始めていた。

母親からの手紙にしんみりとした先輩はそこにはおらず、いつものように、いやいつも以上にデレデレとして俺の心を掻《か》き乱してくる。そして、先輩の持ってきた甘いお酒、『濃厚《のうこう》もも酒』がそれをさらに加速させる。

艶っぽく先輩の唇に赤く塗られていた口紅は、もも酒と溶《と》け合いほのかな桜色に。大人っぽい雰囲気から一転して、今にも蕩けてしまいそうに妖《あや》しくツヤめいている。

その口で『あま～いキス』なんて単語が飛び出れば緊張感《きんちょう》が跳《は》ね上がってしまう。ただでさえ、気持ちを整えるのに時間がかかるのにこれでは落ち着かせるのなんて到底《とうてい》無理だ。

そこに追い打ちに『手取り足取り』とくるのだから、もう先輩にされたい放題である。

「い～よ～？　いっぱい教えてアゲる。これから何度もする事になるだろうし、その為にも手厚く教えないとだよね」

「耳がくすぐったいです……」

「耳、弱いんだ。かわいいね」

「またそうやって俺のこと揶揄って……っっ！」

「だって君の反応全部が可愛くて好きなんだもの。つい揶揄いたくなっちゃうの」

「好き――――っ！」

二回目の飲酒という事で多少なりとも耐性《たいせい》がついたのか、気持ちが先走る事は起きてない。しかし、酔《よ》っている分体の感覚が敏感《びんかん》で、耳に少しでも息が掛かればビクッと反応してしまう。

鋭敏《えいびん》になっていることを隠す努力もできずに、またも先輩好みの反応をしてしまった俺。

「おや、おやおや～？　顔、もっと赤くなったね～？　好きって言われて照れちゃった？」

ニヤニヤと明らかに嬉しそうな笑顔で俺に詰め寄る紅葉先輩。三人掛けのソファーの端に座る俺にズイズイ……っと豊満な身体を押《お》し付けては、反応を見て楽しむ。

お酒を飲んでいるからかいつも以上にスキンシップが激しく、時折肘《ひじ》に感じる柔らかな胸の感触《かんしょく》。太ももに感じる先輩の細い指。

先輩を感じる何もかもが顔を赤くさせる要因で、大好きな人の顔を見るどころではない。

それだというのに先輩は目を背《そむ》ける事さえ許してくれない。

「……」

「顔逸らしたらダ～メ。甘いキス、できなくなるでしょ」

「……はい」

イタズラな笑顔ではなく、かといって大人な作り笑いでもない。愛しさに溢《あふ》れた妖艶《ようえん》な笑顔。そんな先輩の表情に、気づけば俺は小さく返事をしていた。

「ふふっ、やっと素直になってくれた。君ってば意外と手がかかるね～」

「先輩がそれいいますか？」

「お、言うねぇ～。私が強く誘惑《ゆうわく》しないとノってこないビビりくんなのに～」

「そんなんじゃ、ないですし……」

「今だって絶好の押し倒《たお》しタイミングだったんだよ～？　……っと、今やっても遅いよ？」

「くっ……」

このまま先輩のペースに持ち込《こ》まれたままでいられるかと、先輩の言葉の後に押し倒そうとしたが、感覚が敏感な今の俺にはお腹《なか》を少し押し込まれただけで逆に押し倒されてしまった。

図星を突かれ、力でも敵わず、そして恋愛《れんあい》経験も劣《おと》り、何一つ先輩に勝てるところがない。情けない気持ちでいっぱいだ。しかし、先輩とて鬼《おに》ではない。

「まぁまぁ、今日はそんなに君を揶揄うつもりはないからそう警戒《けいかい》しないで。同居一日目の夜という事で、あま～い一晩を過ごさせてあげるから、さ」

そう言って先輩は飲み掛けのもも酒を口元に運んでくる。

先輩なりのご褒美《ほうび》なのだろうか。俺はもはや躊躇《ためら》うことなく先輩のもも酒を飲み干した。

「はい、よくできました～」

妖艶な笑みを浮かべながら先輩は俺の頭をゆっくりと撫《な》でてくる。それこそ、焦《じ》らすかのように。そんな焦らしに耐《た》えられず、俺は先輩に思わず質問してしまう。

「……これが甘いキスだとはいいませんよね？」

散々、焦らして焦らして焦らされた果ての甘いキスが、甘いもも酒での間接キスで終わったとは思いたくない。

図星を突かれ、力でも敵わず、そして恋愛経験も劣り、何一つ先輩に勝てるところがない情けない俺だけど、人並みには性欲はある。期待を煽《あお》られて間接キスで果てるほど、欲がないわけではない。

むしろ、性欲だけでいえば人並み以上かもしれない。……もっとも、先輩相手に手を出す勇気が俺にはないのだけれども。

厳しいとされる、先輩のお父さんに立ち向かう勇気はまだないから。

そんな想《おも》いを頭の中で巡《めぐ》らせていると、先輩から答えが返ってくる。

「まさか。間接キスなんてただの序の口よ。みんなともよくやってるわ」

「そうですよね」

納得《なっとく》したように返事をした。

先輩は俺がいうまでもなくモテる。見た目は文句なしの美人だし、性格も人懐《ひとなつ》っこく気配り上手。そして誰《だれ》もを魅了するセクシースタイル。

俺の知らない間に色々と遊んでいても不思議ではない。そう、先輩はモテるのだから。

そう自分にいい聞かせながらも、どこか湧《わ》き上がる悔《くや》しさ。先輩に見合わない自分を恨めしく思う。

自然と、顔が強張《こわば》っていくのが分かる。が、どうやら俺が考えている事は杞憂《きゆう》だった。

「あ、やってるって言っても女友達とだから安心してね？　君が嫉妬《しっと》するような事はしてないよ～」

「……別に嫉妬なんてしてませんし」

「そういうことにしておいてあげる」

先輩はそう言って一度ソファーから立ち上がり、再び大荷物の下へと足を運んでいく。

先輩は揶揄《からか》うことはあれど、嘘《うそ》をつくことはそうそう無い。それこそ、俺が傷つくような嘘は尚更《なおさら》。

それに俺の誕生日の翌日にしたキスの前。あれだけ俺とのこれからの付き合い方に涙《なみだ》をこぼしていた先輩が『安心してね』と言ったんだ。

だったら俺が先輩にこれ以上言う事はないし、嫉妬する必要もない。

先輩との甘いキスに胸を膨《ふく》らませる事にしよう。

「でも、今からする事は本気の本気でまだ誰ともした事ないから、気をつけてね？」

女友達ともした事がないと言う甘いキス。尚更、期待値が上がる。

「……手加減、できないカモだから」

先輩がそういいながら、追加のお酒と共に一つのお菓子《かし》を持ってくるのを見るまでは。

「……ポッチー?」

濃厚もも酒のおかわりと共に持ってきたのは有名な棒状チョコ菓子の箱。

鼻歌にも近い音を奏《かな》でながら、ウキウキ気分で俺の待つソファーへと戻ってくる。

嫌な予感しかしない。お酒の席。ポッチー。そして甘いキス。これから導き出される答えは自《おの》ずと決まっている。

「お酒飲みながらの甘いキスと言ったらまずはポッチーゲームでしょ」

案の定、嫌な予感は的中した。

ペロリともも酒でコーティングされた唇を舐《な》める紅葉先輩。そんな先輩を前に、俺の悶々とした想いは加速してしまう。

それでも何とか平静を保って、先輩有利になり過ぎない状況《じょうきょう》を作り出そうと画策する。

「まずお酒この間知ったばかりなんですが」

「手取り足取り教えてあげようか?」

「……それは大丈夫《だいじょうぶ》です」

「強がらなくてもいいのに〜。『キスもポッチーゲームも初めてで可愛すぎる先輩に優しく教えて貰いたいです』って、言ってもいいのよ〜?」

「………大丈夫です！」

先輩の心揺《ゆ》さぶる口撃《こうげき》にも、俺はギリギリ平静を保つ。保っているつもり。

「一瞬、躊躇ったでしょ？」

どうやら先輩の目には平静には映ってなかったみたいだ。

「気のせいでは？」

「相変わらず、変なところを誤魔化しちゃって。別にいいのに、甘えたって」

「別にそういうんじゃないですから」

「はいはい、そういうことにしてあげる」

いくら俺が頑張《がんば》ろうとも、先輩にはマルっとお見通しのようでそれ以上は深く詰めるようなことはしなかった。

その代わりに、袋《ふくろ》からポッチーを一本取り出して俺に差し出してくる。

「それじゃあ、はい。クッキー生地《きじ》の方咥《くわ》えて？」

「は、はい……」

「私はチョコの方を咥えて待ってるからゆ～っくり齧《かじ》っておいで」

そう、『今からキスするよ』と暗にほのめかして、妖しい笑《え》みを浮かべながら。

それでも俺は、妖しく微笑み続ける先輩からの誘惑に負けて、熱視線を浴びながらポッチーを口に咥え、その反対側を先輩に向ける。

彼女《かのじょ》は躊躇《ちゅうちょ》することなくチョコ側をパクリと咥え、「ふふっ……」とまた笑う。

宣言通り、チョコの先端《せんたん》を咥え俺が齧り進めるのを待ち構えている紅葉先輩。その瞳にはいつもの俺を揶揄うような雰囲気が宿っていた。

このまま何もせずにいては、きっと『やっぱり君は甘えん坊《ぼう》なんだね〜』と先輩のいいようにされるに違《ちが》いない。

ここまで来て、少し動くだけで先輩に一泡《ひとあわ》吹《ふ》かせられそうな状況で、いつも通りの俺ではいられなかった。

「……んっ、んん……っ」

「そう……いい調子よ。おいで、孝志くん……」

ポリ……ポリポリ……。先輩の唇に近づくべくポッチーを少しずつ齧り進めていく。

少し、また少し近づく度に、先輩はゆっくりと俺の両腕《りょううで》に手を這《は》わせてくる。それに合わせて俺も、先輩の肩《かた》と腰に手を添《そ》える。

か細い肩に締《し》まった腰。ポッチーを齧り進める度に、ぴくりと震《ふる》える恋人《こいびと》の身体。

先輩の唇を見れば体温でチョコが溶け始め、濃厚もも酒ルージュの上に艶《あで》やかなコーティングがされていく。

妖しい魅力《みりょく》たっぷりの唇が一変して、トロリと甘そうな、今にも吸い付きたい魅惑《みわく》の唇へと変わりゆく。

齧り進めていたポッチーは気づけばもうチョコエリア。先輩の魅惑の唇へはあと少し。

念願の甘いキスまでもうまもなく、そう思った刹那のこと――。

「ん～、もういいかな。えいっ――」

「……んんっ!?」

急激に迫り来る先輩の唇に、俺はなす術《すべ》なく吸《す》い込まれていってしまった。

「ん……ちゅ……っ、んぁ……ふふっ。あま～い……」

ゆっくりと噛《か》み締めながら齧り進めていたポッチーはあっという間に消えてなくなり、代わりに待っていたのはチョコとも酒でたっぷりとコーティングされた先輩の舌。

「せ、先輩……これは……」

「ん～？　もちろん、『あま～いキス』だよ。甘かったでしょ？」

にししと笑う先輩。その口《くち》の端《はし》にはチョコレート。

僅《わず》かにのぞかせる甘い一面。その奥で待っているのは甘さでコーティングされた、精を吸い尽《つ》くさんとした魔《ま》の一面。

悶々とした想いすらも吸い尽くされ、ただ甘過ぎたキスの余韻に浸ることしか出来ない。

けれど、先輩にとって今のキスはなんて事ないただの一回目。

「じゃあ、今度は孝志くんがチョコ側ね？　はい、咥えて～？」

「ま、まだやるんですか⁉」

「当たり前でしょ～？　手加減出来ないって言ったじゃない」

蕩けきった目をした先輩が、キスの余韻に浸らせてくれることはない。

「私が満足するまでいっぱい甘いキスするからね」

そう言って今度はチョコ側を俺に咥えさせた。

当然、今度は先輩が齧り進める番。逃《に》げようにも、腕《うで》を伝って首元へとやってきた先輩の手がそうさせてくれず、俺はまたもや為《な》す術なく先輩に甘く襲われる。

「ん……んぅ……もうちょっと、甘さを足してみようかなぁ～……」

二回目でも収まることはなく、むしろ甘さを足すためにポッチーをもも酒に浸してから口に咥える始末。

「はい……もう一回、しよ？」

「せんぱ――んぐっ」

「甘～いキス、もうしたくないの？」

先輩は本当にずるい人だ。トロリとした瞳《ひとみ》に見つめられて断れるものか。キラリと妖しく光る唇《くちびる》に再び触《ふ》れたくないと思うものか。甘さを増量されたキスを止められるものか。

たった一本のお菓子に想いが天秤《てんびん》にかけられていることすらもどかしい。

だって、そうだろう？　こんなの、拒否《きよひ》する理由が見当たらない。

「……」

静かに首を振《ふ》る。もっと甘いキスをくれと、主張する。

「ふふっ、孝志くんなら、そう言ってくれると信じてたわ」

ニコリと笑う紅葉先輩。同時に、クッキー生地を齧り始める。

「んっ、んっ、はむ……」

「……っっっ！」

ポッチーを伝って、脳髄に響く恋人の甘く蕩けた声。クッキー生地を細かく齧る音、口に溜《た》まった生地を飲《の》み込む音、そしてカラカラになった口内を唾液《だえき》で満たす音……。

ポッチーから伝わる情報が、鼓動《こどう》を速くする。先輩の甘さを早く味わいたいと急《せ》かす。

「ん、ぁん……ん……」

ポッチーだけじゃない。目の前にいる先輩そのものにも急かされるものがある。

細かくなったクッキー生地が唇にコーティングされ、微《かす》かに開いた口の端からトロリと漏れ出す唾液……。

果てには、ゆらりゆらりと揺れる真紅の髪。隙間《すきま》からチラリと露《あら》わになる汗《あせ》ばんだ首筋に鼓動を加速させずにはいられない。

「たかし、くん……すきよぉ……？」

「お、俺も……好き、です……」

「ふふっ、しってる」

いつものやりとり。何気ない、確認作業。それだというのに、今、この瞬間《しゅんかん》はいつになく満たされていく。きっと、先輩がいつも以上に美しいからだろう。

誰も見ることのない、俺だけが見れるだらしなく隙《すき》だらけ好きまみれの先輩。甘く、蕩けたお酒の香りのする唯一無二《ゆいいつむに》の先輩。誰にも譲《ゆず》るつもりのない、俺だけの紅葉先輩。

「ん、んぅ……ん〜……っ」

我慢《がまん》した末のキスは、これ以上にないほど格別に甘かった。

「ん、んぅ……っ」

「先輩っ、一旦《いったん》落ち着きましょ？　変な酔い方してますって」

「もっとぉ……もっと、孝志くんと甘く蕩けてたいぃ……」

「それはやぶさかじゃないんですけど、このままだと取り返しのつかないことになりそうなので、お酒に浸すのはやめましょ？」

「ええ～？」

「えーじゃないです。もうもも酒はおしまい。没収《ぼっしゅう》です！」

あれから俺たちは、何度も何度もポッチーゲームを繰《く》り返した。甘さを求めるように、恋人との特別な時間を味わい尽くすように、何度も何度もキスをした。

回数を重ねるごとに増していく桃《もも》の風味。それは、紛《まぎ》れもなくアルコール濃度《のうど》が増していることに他ならず、徐々《じょじょ》に思考すらも蕩けていく。

際限のない桃の風味に恐怖《きょうふ》を覚えながらも、ポッチーゲームをやめる気は一切《いっさい》ない。むしろ、もっともっと先輩を味わいたいとさえ考えてしまう。

そしてそれは、きっと先輩も同じなのだろう。

「じゃあ、足りない分は孝志くんが補ってくれる……？」

「俺が、ですか？」

「もも酒がなくても満足しちゃうくらいに、濃厚な甘いキス、してくれる？」

ごくり……。

蕩けた表情、トロリと垂れる唾液、レジャージャケット越《ご》しに感じるふにゅりとした柔らかさ。生唾《なまつば》を飲み込むなという方が無理な話だ。

それほどまでに、恋人の上目遣《うわめづか》いでおねだりする姿が刺激的だった。

当然、その気になってしまう。先輩の期待に応えたくなってしまう。

「いい、ですよ」

「ひゃ――」

「先輩を満足させてみせます」

抱《だ》き寄せる。腰に回していた腕にグッと力を入れて、体を今以上に密着させる。

ビクンと跳ねる先輩の身体。微かに漏れ出た甘い声。たまらず、もう片方の手で湿《しめ》った首筋を撫で愛《め》でる。

「あ……ぅんっ！　孝志くん、焦らさないでぇ……っ！」

「じゃあ、もうやめてもいいんですか？」

「ん、ぅ……」

「続き、しますね」

あぁ、かわいい。身体をもぞもぞさせても、断りきることはしない。

嘆《なげ》くように制止の言葉を出しても、目はもっとしてほしいと訴《うった》えてくる。

行動と実態がまるで噛み合っていない愛らしい先輩に、俺はもう我慢の限界だった。

「孝志、くん……大好き、よ」

「俺もです。俺も、先輩のこと大好きです」

「は、ぅ……っ！」

首から喉《のど》、顎《あご》を伝い唇へ。滴《したた》り零《こぼ》れた唾液を集めつつ、本懐《ほんかい》へと指を撫で近づける。

「孝志くんの、意地悪……もっと、ガツガツ来ると思ったのに……っ」

「先輩だっていつも俺のこと意地悪するじゃないですか。だから、おあいこです」

「でも孝志くん嬉《うれ》しそうにするじゃない。だから、ついね？」

「そういう紅葉先輩も、今とっても嬉しそうですよ？」

「そりゃ、だって……孝志くんにしなら、何されてもうれしいもの」

「〜〜〜〜〜っっっっ⁉」

「あはっ、照れてる」

「し、仕方ないじゃないですか！　先輩にうれしいなんて言われたら、照れない方がおかしいです！」

「そういう孝志くんが好きなんだもん」

もう少し。もう少しで、余裕《よゆう》のない表情を拝める。そう思って、ぷにぷにツンツンと唇を撫で弄《いじ》っていたというのに、気づいたら形勢逆転されていた。

どうあがいても、俺は先輩にからかわれてしまうのだろう。そして、それに喜びを感じ続けてしまうのだろう。

変わろうとは思わない。むしろ、今のままの関係で構わない。紅葉先輩がそばに居続けてくれるのなら、十分すぎる。

けれど、今は……。今だけは、少しだけ踏《ふ》み込みたくもある……。

「紅葉先輩、もう少しだけ我慢できますか？」

「ん～？　まだ何かするの～？」

「言ったじゃないですか。満足させるって」

「――へ？」

油断していたのだろう。俺をからかえて、満足してしまったのだろう。急激に近づく俺の顔に、キョトンとした表情を浮《う》かべる先輩。

「愛してます」

「んんっ⁉　ん、んぅぅ……っっ！」

ほんの少しだけ、欲をぶつける。

たかがキス、されどキス。二十歳《はたち》の誕生日を迎《むか》えるまで恋人とのキスが出来ていなかった俺にとって、大きな一歩だった。

けれど、これ以上踏み込むのはやめよう。これ以上踏み込んでしまったら、歯止めが利

かなくなる。

「せん、ぱい……」

だから、今俺が出来るのは、キスまで……。

「はぁ……っ、はぁぁ……っ！　ん、ふふ……ふふふっ」

「せんぱい……？」

「孝志くんが、その気なら私だって——んっ、ちゅ」

「〜〜〜っっっ⁉」

どれだけ、先輩が求めてきても……キスまでだ……。


「んぇ〜、口の周りベタベタだぁ〜」

「そりゃ一日中ポッチーゲームしてたらこうなりますって……」

結局、俺は先輩とポッチーがなくなるまでキスを繰り返し、気づけばポッチーが無くなってもキスをし続けていた。

甘さが染《し》み付いた舌を貪《むさぼ》り、物足りなくなったら身体を絡《から》ませながらキスをして……。

キスが収まったのは朝日が昇《のぼ》る直前。夜通し、荷物の片付けをする訳もなくただソファーの上でイチャイチャして過ごしたことになる。

「……今日は大学の授業サボっちゃおうか？」

「出席日数、大丈夫ですか？」

「私は普段《ふだん》、真面目に授業受けてるもの。孝志くんは？」

「俺だって真面目に受けてますよ」

「じゃあ今日くらい平気だね」

口の周りはチョコとも酒と愛《いと》しい人の唾液。余韻《よいん》が残ったままの俺にはそれらを拭《ぬぐ》い取ってしまう気にはなれず、初めて授業をサボるという選択《せんたく》をしてしまった。

けれど、不思議と嫌な気分ではなく、むしろ今なら普段言えないことも言えそうな気がしたのだ。

いつも心の中で思うだけだった俺を変えるチャンスだと思い、意を決して頭に浮かんだことを口にしてみる。

「……せっかくですし、一緒《いっしょ》にベッドで寝《ね》ませんか？」

「それはえっちなお誘《さそ》い？」

「い、いえ……そういうつもりは……」

「冗談《じょうだん》よ、冗談。早く一緒に横になろ？」

「心臓に悪いですってば……」

ソファーでお互《たが》いに抱き合う俺と先輩は、なだれ込むようにすぐ横の部屋にあるベッドへと身を委ねていく。

そしてそのまま、沈《しず》むように瞳を閉じる。ゆっくり、ゆっくりと、目の前に愛しの紅葉先輩がいる事を確かめながら……。

同居生活二日目にして、授業サボりを覚えてしまった。

みんなが必死に授業を受けている間、俺は夜通しキスした恋人と同じベッドの上で横になっている。

口の中にいまだに残る甘さが、微かに俺の心を悶々《もんもん》とさせる。不思議とそれが嫌ではないのは、きっと今が幸せすぎるからだろう。

――その幸せが〝日常〟になってくれると信じていたいから。

◇閑話《かんわ》◇

「き、昨日の夜は危なかったぁ……っ！　危《あや》うく、孝志くんに流れ持ってかれちゃうところだった……っっ！」

しばしの休息。高鳴り続けた心臓を休ませるべく、私は一人シャワーを浴びていた。

一人、でも一つ二つ壁《かべ》の向こうには愛しの人。私が愛したただ一人の男の子。彼《かれ》のことを考えるだけで、胸の奥底《おくそこ》がむずむずしてしまう。とても、休むどころではない。

でも、それでも冷静になるには一人になる時間は欲しかった。

今の私が、孝志くんのそばにいたらきっと、キスの先まで求めてしまうから。

かと言って、大学に行く気にもなれない。孝志くんのそばから離れたくないもの。

「……私ってば、すっかり孝志くんのことばっか考えるようになっちゃったなぁ」

ポツリとこぼす独り言。出会ったばかりの頃《ころ》からは考えられないほどの、孝志くんに溢れた生活。

たかが恋《こい》、されど恋。一度落ちてしまったものは、とことんまで落ちていく。怖《こわ》くて怖くてたまらない、恋の穴に落ちていく。

でも、今は一緒に落ちてくれる相手がいる。一緒に、恋を楽しんでくれる相手がいる。

だったら、まぁ……いいのかな……？

「仕方ないよね、好きになっちゃったんだもの」

自覚している思いを口にする。冷静になりながらも、恋心《こいごころ》は強まっていく。

うん、だいぶ落ち着いたかな。

――パンッッ！

「よしっ、今日もそこそこに張り詰《つ》めて、がんばろ！」

強く両頬《りょうほほ》を叩《たた》いて、気つける。いつものルーティーン。孝志くんに弱みを見せないようにするための習慣。

好きな人の前では少しでも違う自分で、いたいじゃない？

シャワーを浴び終えて、彼と会う時のように髪《かみ》を右側に束ねながらそう思うのだった。

第三章　久々の大学でもイチャイチャしたい

「よし！　片付け完了《かんりょう》!!」

「結局、結構な時間かかっちゃいましたね」

「その分いっぱいラブラブ出来たし、いいじゃない。君だって満更《まんざら》じゃなかったでしょ？」

「そ、それはそうですけど……」

先輩が俺の部屋に来て三日目のお昼。ようやく荷物整理が終わり、俺は先輩と定位置になりつつある三人掛《が》けソファーにもたれ掛かっていた。

一日あれば片付いた荷物が、三日目のお昼まで片付かなかった理由は単純。何かある度に先輩がちょっかいかけて来てマトモに作業が進まなかったからだ。

一日目はお酒とキスで潰《つぶ》れ、二日目のお昼までは二人してベッドでぐっすり。ここまでは仕方ないにしても、先輩が自身の洋服をタンスの空いたスペースに入れていく時に揶揄ってきたのだから、もう進まない。

もちろん、ただの揶揄いなんて紅葉《くれは》先輩がしてくるわけがない。

『あ、これじゃあ勝負下着バレちゃうなぁ～』

ことあるごとに、心臓に悪いことを仕掛《しか》けてくるのだから、作業を止めずにはいられない。作業を止めなかったときに、先輩《せんぱい》がさらに刺激的《しげきてき》な揶揄いをしないとは限らないから。

まぁ結局、一度だけでなく二度、三度と味わってしまったのだけども……。

『あ、もしかしてこっちのが見たいの……？』

ときにはやや短めのスカートをたくし上げようとして揺さぶってても来たり――。

下着単体では反応しなかった俺《おれ》だけれど、スカートのたくし上げには強く反応してしまい先輩の揶揄い欲を満たす事に。

スカートの中は見れず、先輩には『ヘンタイさん』と呼ばれるし散々だ。不思議と小悪《こあく》魔笑顔《まえがお》で『ヘンタイさん』と呼ばれるのに満更ではないのだから困りもの。

気づけば悶々とした気持ちが湧き上がって、先輩の顔をまともに見れなくなっている。

「ほぉ～ら、顔逸《そ》らさないの。照れても顔逸らさないで私を見て？　せっかく一緒に暮らしてるんだから、たくさん私を見てよ」

グイッと両手で俺の顔を挟《はさ》み込んで固定する先輩。そうされて見た時の先輩の目はとても魅力的《みりょくてき》で、また目を逸らしたくなる……。

「今顔赤いですし……」

「私は気にしないわ」

「きっと先輩は揶揄うだろうし……」

「否定はしないわ」

「そこは『揶揄わないようにする』、じゃないんですね……」

先輩はいつだってブレない。俺がどれだけ目を逸らそうとも、逆に一日目の夜のように立ち向かっていたとしても、先輩はいつだって俺を揶揄うのに全力だ。

その理由はただ一つ――。

「だって、好きな人を揶揄ってる時間が私は好きなんだもの。孝志《たかし》くんは違うの？　私に揶揄われるのは、嫌《きら》い？」

好きだから。

その好きが、揶揄うこと自体にあるのか、俺にあるのかは未《いま》だに分からないけれども、どちらにせよ好きに変わりはない。好きが、俺の方に向いているのに変わりない。

先輩の想いが俺に向いていることが嬉しくないはずがなく、悶々とした想いが昇華《しょうか》されて顔がニヤけてしまう。

「今の言い方はちょっと、ずるいですよ……」

気づけばポツリと先輩に文句を溢《こぼ》していた。

当然、先輩が絶好の揶揄いタイミングを逃《のが》すはずがない。

「ん～？　なんで～？」

「……嫌いだったら、先輩と付き合ってません」

「んーっ、もう一声！」

「なんですか、その反応は」

「もうちょっと孝志くんのイイトコロ見てみたいなぁ～！」

徹底的《てっていてき》に揺さぶりをかけてくる先輩。俺のイイトコロを見たいとせがむ恋人。

しかし、それ以外の目論《もくろ》みがあるようにも思えた。でなければ、頬まで顔を緩《ゆる》ませて期待の眼差《まなざ》しを俺に向けるわけがない。

いつもは口元だけなのに、今回は頬までも緩ませている。いつもとは違う揶揄い。その違う理由が何か、初めは分からなかった。

「イイトコロって……あっ」

いや、よくよく考えてみれば、思い当たる節が一つだけあった。むしろ、つい最近出来たと言っても過言ではない。

だから、気がつくのに遅《おそ》くなってしまった。

「わくわくドキドキ……」

俺の『あっ』という言葉に先輩の期待は高まる。そんな先輩の期待を越《こ》えるべく、俺は意を決してもう一声頑張ってみた。

「揶揄われるのが嫌《いや》だったら、一緒に住もうなんて……思いませんよ」

気持ちを言葉にした刹那《せつな》、甘《あま》い香水《こうすい》の匂《にお》いが濃《こ》くなる。

「んー――――っっ!!　孝志くん好きッッ！」

「お、俺も好きです……！」

「知ってる～～」

言葉より先に俺を抱き寄せた先輩が耳元でラブコールをしてくる。俺も負けじとラブコールし返すもあっさりと受け止められてしまった。

まだまだ先輩の先をいくのは時間がかかりそうだ。

そんな事を思って先輩に抱き締められていると、ふと今の時刻が目に入る。

午後一時半。それは大学生にとって、大事な時間を教える時刻。つまりは午後の授業の開始である。

「ありゃ、いつまでもこうしている場合じゃなかったね。学校休んじゃった分取り返さないとだよ！」

「まさか、三日も休む事になるなんて」

「でもその間は友達が代返してくれているんでしょ？」

「それはそうなんですけど、絶対何してたのか探《さぐ》られますって……」

「歳上《としうえ》美人彼女とラブラブイチャイチャしてました〜、っていえばいいと思うよ」

「間違《まち》いなくシバかれます！」

荷物整理含《ふく》めて初めて先輩と一緒にベッドで寝た日から三日間、俺は大学の授業を休んでいた。先輩が大学に行かせてくれなかったり、逆に俺が先輩と離《はな》れたくなかったり、色々あって今日まで学校をサボり続けていた。

もちろん、大学生としてサボりすぎては流石《さすが》に色々と問題で、現に代返を頼《たの》んでいる友達からは『お前、どんどん借り増えてくけどいいんだな？』と脅《おど》されている始末。

今回の事が無くても色々とその友達には借りがある為《ため》、これ以上サボるわけにはいかなくなってしまった。

たとえば、この間のベッド裏の偽装壁《ぎそうへき》とか。

「……まぁ、いくしかないですよね」

「ふぁいとだよ、孝志くん！」

「まるで他人事ですね!?　先輩も一緒に大学行くんですよ!?」

「え〜？」

「え〜、じゃありません！」

グズる先輩を引っ張り上げるようにして重い腰《こし》を上げると、午後の授業に遅《おく》れながらでも行くべくそのまま手をつないで一緒に玄関《げんかん》へと足を運ぶ。

「ちなみに私は友達に予《あらかじ》め『年下イケメン彼氏《かれし》とラブラブチュッチュするから、代返よろしく〜』ってメッセ送ってあるよ〜」

「強すぎません？　先輩も、その友達も」

先輩のメッセージの内容がどこまで本気か、苦笑《くしょう》しながら。


「お、ようやく来たなサボり魔め。今日も代返したら焼肉でも奢《おご》ってもらおうと思ってたのに、おかげで計画がすっ飛んじまったよ」

「あっぶな。悠《ゆう》の食いっぷりはマジで洒落《しゃれ》にならないからなぁ……」

「あ、当然食べ放題じゃない奴《やつ》のつもりだったから」

「本気で危ない奴じゃん!!!」

大学到着《とうちゃく》早々、俺は教室で先に授業を受けていた親友にドヤされていた。

理由は明白、暗に『サボり過ぎ』と言われているからだ。いくら授業を受けるも受けないも自由な大学生とは言っても親友に頼《たよ》るのも限度がある。その限度が今日いっぱいだっただけの話。

そんな親友、園田《そのだ》悠の隣《となり》で、途中《とちゅう》からでも授業を真面目に聞くべくノートと筆記用具を机に並べる。男勝《おとこまさ》りな言動とは裏腹に背は小さく、青と白を基調としたダボダボのパーカーがそれを強調させる唯一《ゆいいつ》と言っても過言では無い――信頼《しんらい》できる女友達の横に。

「で、なんで三日もサボってたんだ？　理由によっちゃあ、大目に見てやらんでもないけど。具体的に言えば後で食堂のデザートを私が満足するまで奢るで許してやる」

「それ許されてる気がしないんだけど」

「いいから言ってみ。じゃなきゃ、強制焼肉するぞ」

「分かった、言います。言わせて頂きます！」

「わかればよろしい。さ、言ってみそ」

どうやら悠は俺に授業をまともに受けさせてくれる気はないらしく、クイクイと袖《そで》を引っ張っては三日間俺が何をしていたのかを聞いてくる。しかも、俺が食事を奢る事前提で。

いつもと変わらない黒のパーカーフードを深く被《かぶ》って顔を隠《かく》している事もあって、悠の表情は読み取れないが、きっとほくそ笑んでいるに違いない。

紅葉先輩もそうだが、どうやら俺は女性に揶揄《からか》われやすいようだ。

それとも、揶揄いたがりの女性と何かしらの縁《えん》があるのか？

自分の境遇《きょうぐう》について考えながら、今の手持ち残高を思い出す。

ざっと五千円。小さい見た目の割に食《く》いしん坊な悠にデザートもしくは焼き肉を奢るとなると少々心許《こころもと》ない手持ち金額。

それでも答えないと言う選択肢《せんたくし》は無い。その時には何の躊躇もなく悠は焼肉を選ぶ。しかも高級焼肉。

逃げることが許されないギリギリの状況の中で、俺はボソリと答えた。

「……先輩とイチャイチャしたくてサボってました」

「よし、後でATMいくぞ。お前の金で焼肉だ」

「デザートで許してくれるんじゃないのか!!?」

「それは理由によるって言ったろ？　なんだよ、恋人とイチャイチャする為に私はこき使われたわけか!!」

理不尽《りふじん》だ。俺は正直に答えただけなのに。

理由によると言っていても嘘《うそ》言ったら焼肉にしていたに違いない。園田悠という、嘘が大の苦手の親友に詰められて、本当に理不尽だ。逃げ道《みち》なんてありはしない。

だってそうだろう？　紅葉先輩とはずっとイチャイチャしていたいのは本心なんだから。

俺の親友はそういう人物。嘘が嫌いで、食欲に正直で、その上勘《かん》が鋭《するど》い。紅葉先輩とはまた違う意味で油断ができない相手だ。

　しかし、そんな事を思っていてもイチャイチャしていた事実は変わらない。それならば少しでも身を守る言い訳をするしかないと、俺は躍起《やっき》になって言葉を悠に向けて放つ。

「し、仕方ないだろ⁉　紅葉先輩ってば、いきなり同居の荷物持って俺の部屋に押《お》しかけてきたんだから‼」

　だが、これが良くなかった。余計な言葉を口にしなかったら、事態が悪くなるなんてことはなかったのだから。

「ちょっと待て」

「な、なんだよ……」

「同居の荷物持って押しかけてきた、ってなんだ……？」

「言葉の通り、今は俺の部屋で先輩と同居してるんだけど……」

「何それ聞いてないんだけど」

「そりゃ、言ってないからな」

　いつもの調子で話しかけている俺とは正反対に、悠の声色《こわいろ》が少し重くなっていく。この時の俺は、その事に気づくどころか、その理由すらも分からなかった。

「それで、孝志はいつものように押し負けて認めちゃったわけだ？　相変わらず弱いね」

「べ、別に押し負けたわけじゃないし……。俺だって、紅葉先輩と長くいたいとは常日頃《つねひごろ》から考えていたし……」

「その割にはいつも揶揄われてばかりだよな。今回だって、実はただのお泊《と》まりでした～～ってオチなんじゃないの？」

「せ、先輩はそこまで悪質なイタズラをする人じゃない!!」

紅葉先輩との同居を説明するのに手一杯《ていっぱい》。悠の声色の変化に気づける余裕なんてない。

それどころか、少しばかり紅葉先輩をバカにされたような気がして頭に血が上っていた。

先輩は、本気で俺を好きでいてくれている。

三日一緒にいてそれが痛いほど良く分かった。それをよく知りもせず同居の話を『イタズラ』で済ませられるのは親友の悠であっても許せるものではなかった。

だから思わず、少しばかり大きな声を出してしまった。

当然、教室にいた人のほとんどが俺の方を見てはザワザワとし始める。

しかし、当事者である俺と悠は周りの視線なんて気にせず話を進める。

「じゃあ、ちゃんと同居だって証拠《しょうこ》はあるの？」

「も、勿論《もちろん》ある!!」

「へぇ？　じゃあ言ってみてよ」

お互いに言葉を譲らず、睨《にら》み合う。

そんな状況《じょうきょう》を終わらせるべく、俺は同居が『イタズラ』ではない証拠を口にする。

「夜通しキスして、紅葉先輩と同じベッドで寝たし……っっ!!」

刹那、教室全体が殺気に満ち溢《あふ》れる。

「は？　紅葉先輩って、教養学部の大谷《おおたに》紅葉先輩のことか？　は？　一緒に寝たとか何を言ってんだアイツ」

「いやいや、あれだろ。妄想《もうそう》だろ？　それなら俺だって毎晩大谷先輩に抱かれて寝てるぜ？」

「待てお前ら、抱き枕《まくら》という説もあるぞ！」

「それだっっっ!!!」

何を言ってんだアイツは俺のセリフだ。いや、一緒に寝た宣言をした俺が口にすることでもないけれど、それにしたって随分《ずいぶん》な言われようだろう。

いや、むしろ知られてなかったとは言え、自分の恋人が知らぬ間に抱き枕にされているのはものすごく気持ち悪い。何が『それだっっっ!!』だろうか。

自分勝手にもほどがある。

……いや、分かっていた。先輩がどれだけ人気かも、どういう目で見られることが多いかも、よく分かっていたんだ。

俺が浮いていると示唆《しさ》する悪意の言葉。一発ヤれば先輩を自分のものに出来るという、下劣《げれつ》な思惑《おもわく》。

今更《いまさら》だ。俺と紅葉先輩が付き合っていることで変に盛り上がられるのは今となってはどうでもいいのかもしれない。

それでも、俺と先輩が別れるなんてことはきっとありえない。

「はいはい、いったん静かに！　雑談は授業後に好きなだけしなさい!!」

教授の叱責にピタリと殺気が止《や》む。同時に、わずかな平穏《へいおん》がやってくる。

少なくとも、授業が続く限りは何事も起こらないのだから。

ざわざわ……ざわざわ……。

人で混み合って来た飲食店の中に俺と悠は今いる。

時は夕方。授業終わり。大学近くの店という事もあり、店内には学生らしき客で賑《にぎ》わっている。その中で、俺は席について早々に悠に一言。

「……なんかゴメン」

「別にいいよ、謝《あやま》らなくて。さっきの授業のは孝志を怒《おこ》らせた私にも責任はあるわけだし」

　向かいの席に座《すわ》る悠は相変わらず黒いパーカーフードを深く被ったまま、表情を隠しながら爪《つめ》を弄って返答する。

　いつもの如く、悠が何を考えているのかの真意まではわからない。それでも、嘘はつかない。彼女《かのじょ》の性格的に自他共に嘘を許すことなんてない。

「じゃあ、怒ってはないいんだな……？」

「もちろん。一方的に孝志のせいだと思うほどひどい女じゃないよ、私は」

「だったらさぁ……」

　悠の顔を覗《のぞ》き込《こ》んでみても、言葉通りに怒《いか》りの表情はない。代わりにあったのは期待に口元を緩ませてる食いしん坊《ぼう》の表情。今か今かと、〝本命〟が始まるのを待つ、表情と台詞《せりふ》が合っていない親友に俺は呆《あき》れずにはいられない。

　だってそうだろう？

「何で、焼肉屋に来てるんだ……？」

　怒っていないなら、焼肉屋になんて連れ込まないはずだから。

「おっと、ただの焼肉屋じゃないぞ？　焼肉居酒屋だからな。ここの酒は美味《うま》いんだ！」

「どっちにしろ焼肉じゃん!!　俺、正直に話したよな!?　デザートで手を打ってくれるんじゃないの!!?」

「それは内容によるって言ったろ？　流石に一緒に寝たなんて言われたら、焼肉にして貰《もら》わないと割に合わないって」

「理不尽だ……」

食い気味に訂正《ていせい》してくる悠に嘆かずにはいられない。焼肉屋と焼肉居酒屋の些細《ささい》な違《ちが》いなんて気にならないくらいに、今の状況に頭を悩《なや》ませずにはいられない。

確かに正直に話したらデザートにしてやるとは言われていない。あくまで、『デザートで我慢してやらないこともない』とかそんな感じの言い方だった。

が、しかし。しかしだ。少しは俺の心的被害《ひがい》も配慮《はいりょ》に入れて欲《ほ》しい。

授業中、煽《あお》られるように事情聴取《ちょうしゅ》された上に周りの学生に注目された挙句、教授に『性に正直な事はいい事だけど、今は授業に精を出しなさい』と注意された始末。

もれなく、授業終わりに教授の説教もあったし……。

その上の焼肉である。これを理不尽と言わずして何と言うのだろうか。

だというのに、苦い顔をする俺を前にしても、悠の腹ペコ具合は変わらない。

「まぁ、そう文句言うなって。変な勘ぐりをして怒らせちゃった分、食べ放題の方で我慢《がまん》してやるからさ」

「我慢して食べ放題とか……」

「もちろん、飲み放題も付けるからな」

「ええ……」

「何か文句ある？」

「イエ、アリマセン」

「よし。んじゃ、オーダー始めるぞー」

俺の僅《わず》かな抵抗《ていこう》も虚《むな》しく、悠はテーブルの脇《わき》に立て掛けてある注文パネルに手を伸《の》ばして、次々と飲み物や肉を頼んでいく。

カルビにタン塩、ホルモンにレバー。定番からクセのあるものを彼女が食べたい分だけ。

当然飲み物はアルコール類だ。

小柄《こがら》な彼女だけれども誕生日は俺よりも早く、紅葉先輩ほどでは無いにしてもそれなりの量を飲める為、少なからず飲み食い放題で助かったとは思った。

しかも、どれだけ飲んでも酔《よ》っ払《ぱら》うところなんて見たことないのだから、驚《おどろ》きすら覚える。

そんな親友の食事情を考えていると、注文したものが続々とやってきた。

「んじゃ、ジャンジャン焼いてくぞ～」

「お、おう……」

「レバーとかホルモン食べれるよな？　無理なら追加で頼むけど」

「いや、食べれるから大丈夫《だいじょうぶ》」

「そ？　ならよかった」

肉が届くと何の躊躇《ちゅうちょ》もなく網《あみ》の上に肉を載せていく悠。大量の皿を運んできた店員さんは彼女の様子にとても驚いていた。

それもそのはずだろう。運んできたものがたった二人でいきなり頼む量ではないのだから。もちろん、手始めのビールが二人前届いた時にも。

まぁ、うん。見た目だけで言ったら、悠はとても成人には見えない。互いに慣れっこのため、今では特に気にしなくなったけれど。

「カンパーイッ！」

「か、乾杯《かんぱい》っ！」

結局吹《ふ》っ切れてしまった俺は、勢いよく悠と一緒にジョッキをかち鳴らした。


「で、実際のところどうなんだ？」

「どうとは？」

「そりゃ、大谷先輩との同居だよ。話聞く分には爆発《ばくはつ》四散しろとしか思えないけど」

「サラッと怖いこと言うなよ」

「まぁまぁ、いつものお茶目《ちゃめ》って事で」

「お茶目が過ぎるわ」

食事がある程度落ち着いて来た頃、肉を口に放《ほう》り込むのを一旦《いったん》止めて、俺に恨《うら》みつらみをぶつけながら紅葉先輩との生活の様子を聞いてくる悠。

未だにフードを外すことはせずに、それでも悠が嬉々《きき》として聞いてきているのはわかってしまう。なんだかんだで、大学入学したばかりからの仲なのだと実感する。

そして、悠が異性であると分かっていてもそれ以前に親友だと思っている為に、多少の濃い話もできてしまう。

「……まぁ、まだ始まったばっかだけど楽しいよ。会いたい時に紅葉先輩がいるし、逆に紅葉先輩もこれでもかってくらいに揶揄ってては引っ付いてくるし……」

「で、ムラムラしてベッドで襲《おそ》ったと」

「それはまだしてない」

「軟弱者《なんじゃくもの》め」

「ほっとけ」

悠が俺を小馬鹿にして、それを俺が軽くいなす。いつものやり取り。

教室でのやや重い口調は一体何だったのだろうか。あの悠のイラつきは何だったのだろうかと疑問に思うくらいにいつも通りの俺と悠。

しかし、全てがいつも通りとはいかない。

今は焼肉と同時に酒の席。いつもとはまた違う雰囲気《ふんいき》の話に発展するもの。

「ま、孝志が今の所不便に感じてないならいいけど、これからアレの方はどうするんだ？」

「アレって言うのは？」

「そりゃお前……エロ本だろ。と言うより、シモの方」

いつも以上に突《つ》っ込んだ下世話な話へ。

「あ……」

「やっぱり何も考えてなかったか。しかも、詰めの甘い孝志の事だから例の偽装壁、すぐに見破られたんじゃないの？」

「うっ……」

「だから言ったのに。偽装壁の前にあえて囮《おとり》のエロ本を置いておけって」

「偽装壁から先輩の気を離す事ばかり気が行って、そこまで覚えてなかったんだよ……」

「ったく……」

悠とエロ本の話をするのは別に今回が初めてと言うわけでは無い。むしろ積極的にエロ本の話をするのは悠からの方だ。

『お前好みのグラビアアイドル見つけたぞ！』

『最近のお気に入り見せろ』

まるで男子の友達と話しているような感覚に陥《おちい》る。

その延長で、この間のベッド裏の偽装壁を悠に手伝ってもらった。理由は明白で、エロ本を隠すため。結局、あっけなくバレてしまったわけだけれども……。

こういった関係性が相まって、エロ本の話自体は俺と悠の間では普通《ふつう》の事。しかし、それでもそれ以上に突っ込んだ話は一切《いっさい》してこなかった。

いくら男子の友達と話してる感覚に陥っていても、やっぱり悠は異性だ。れっきとした女性。恋人《こいびと》でも無いのに突っ込んだ話をする気にはなれずに、結局、偽装壁がバレた事以外は何も語らなかった。

「ま、なんかあったら相談ぐらいは乗るよ。当然、それなりのリターンは貰うけどね」

悠からもこれ以上追及することなく、また肉を小さな体に放り入れ始めたのだった。

「紅葉先輩ってばそろそろ機嫌《きげん》直して下さいよ……」

悠との焼肉を終えて紅葉先輩の待つ自分の部屋に戻《もど》ってきた俺は、今までにない以上に窮地《きゅうち》へ立たされていた。原因は、ざっくり言ってしまえば悠と二人っきりで焼肉したこと。

「ふーんだっ！　私に黙《だま》って女の子と焼肉いっちゃう彼氏なんか、私知らないもん！」

「それには色々止むに止まれぬ事情があってですね……」

「しかも、お酒飲んで来たでしょ！　顔がほんのり赤いから分かるよ！」

「一杯《いっぱい》だけですってば……。あとはソフトドリンクで我慢しましたって」

「飲んだのね、私以外の女の子と……っ!!」

顔を背《そむ》けて不貞腐《ふてくさ》れる先輩に事情を説明しようとするも、余計な一言でさらに悪化する。

そもそも焼肉の匂いを残したまま安易に部屋に戻ってしまった俺が全面的に悪いのだけれど、それにしても説明する間も無く悠と焼肉に行った事がすぐにバレてしまった。

まさか、顔の赤みでバレるとは思ってもみなかった。

いや、そもそも先輩は俺が一人で焼肉にいく性格じゃないのも、まともな友達が異性の悠くらいしかいないのを知っている。それなら即《そく》バレしてもある意味仕方ないと納得《なっとく》できてしまう。

どっちにしろ、お酒を飲んで来たかどうかを分かる先輩の洞察力《どうさつりょく》には驚かされた。

先輩にお酒を飲んできた事を隠すためにソフトドリンクをがぶ飲みしたのに、ほんの少し顔を見ただけでバレてしまったのだから。

「あの、先輩……どうしたら許してもらえますか……？」

そんなこんなで、俺はリビングのカーペットの上で正座しながら紅葉先輩の怒りが収まるのを待っていた。

ソファーに足を組みながら座っては、俺が愛用してるクッションを抱《だ》きしめたり顔を埋《うず》めたり、飲み掛けの蜜柑《みかん》酒を飲むか飲まないか考え込《かんが》んだり……。怒っているのか怒っていないのかよく分からない先輩の行動をジッと見つめながら。

そんな事を考えていると先輩がとんでもない事を言い出した。

「決めた……っ！　孝志くんのお酒が抜《ぬ》けるまでキスしない……っ！」

「んなっっ⁉」

「孝志くんが私とのキス嫌いじゃないの分かっているからねっ！　今日は一日悶々としてもらうから！」

「そ、そ、そんな事ないですよ！⁉　でもごめんなさい、一日悶々しっぱなしはキツイので許して下さい！」

「ダメ、キチンと反省して！」

まさか、イチャラブする度にキスを迫《せま》ってくる紅葉先輩がそれを止めると言い出すのだ。

俺が先輩とのキスを毎回心待ちにしていたのバレているというオマケ付きで。

と言うことはつまり、今から俺は現状思い当たる限りかなりキツイお仕置きが始まるということでは……？

悠に連れられるまま焼肉に行って一杯お酒を飲んだだけだと言うのに。

それだと言うのに、お仕置きというのだから理不尽と言わずして何と言うのであろうか。

けれど、俺のちゃちな不満は紅葉先輩のたった一つの仕草で消えてしまう。

「君が私の彼氏なんだって事を自覚して貰わないと、ね」

そう言いながら、少し乾《かわ》いた唇《くちびる》をペロッと舌で濡《ぬ》らす先輩の何気無い仕草に心がときめかずにはいられなかった。先輩へのドキドキが思わぬ方向へと加速していく。

「と言うわけで、今日の私はこうやってくっつくだけで我慢」

「それ、我慢してますか？　というか、これいつも通りでは……？」

「ムラムラしてもキスしてあげないから大違《おおちが》いだよ」

「……なるほど？」

これはむしろ先輩と思いっきりイチャラブできるのでは？　そう甘い思いを頭に巡《めぐ》らせながら、俺は先輩を支え始めた。

「先輩……これ、やりすぎでは？」

「ん～？　孝志くんに拒否権《きよひけん》があるとでも～？」

「……何でもないです」

先輩に黙って親友の悠と焼肉を食らい、酒を飲んだ事で俺はお仕置きをされていた。

恋人から過度に密着されるという独特なお仕置きを。

「ふふふ、余裕《よゆう》でいられるのは今のうちだけだよ～？　それと、キスはしてあげないけどそれ以外ならしてあげてもいいからね～？　どうする？　この間のえっちな本にあった事でもしてみる？」

「こんなのいくらでも味わっていられますよ！　むしろ、先輩こそキスしたくなった時大丈夫ですか？」

「大丈夫！　とは言い切れる自信はないけど、君にお仕置き出来るのなら耐《た》え切るよ！」

「むしろご褒美《ほうび》に近いんですけど、これ」

いつものようにソファーの上でやり取りを続ける俺と紅葉先輩。

もちろん、お仕置き中のため全てがいつも通りというわけでもない。紅葉先輩がいつも以上に小悪魔《こあくま》的で、それでいて積極的だ。

キスはしない、キスを我慢し切れる自信はないと言いながらも先輩の表情はまるでこの状況を楽しんでいるようにも見える。蜜柑酒の余韻《よいん》が残った唇がより一層それを引き立てて、想像していたよりも数倍、いやそれ以上にドキドキしてしまう。

さらには豊満な体を腕《うで》や胸、脇腹《わきばら》や太ももにコレでもかと密着させてくる始末。その度合いに応じて、先輩の匂いも強く感じてしまう。

こんな状況がお仕置き？　ご褒美の間違いではないのだろうか？

「ふふっ……」

蕩《とろ》けた瞳《ひとみ》で見つめながら、紅葉先輩の口元が緩む。あぁ、バレてるんだろうな。先輩の柔《やわ》らかみにドキドキしているのなんて、とっくにお見通しなんだろうなぁ。

「いつまでご褒美って言ってられるかな〜？」

「いつまでも言って見せますよ！　俺は先輩とならいくらでもいれますから」

「言ってくれるじゃない」

妖《あや》しく笑う紅葉先輩。ご褒美だと本心で思っているし、先輩といくらでもいれると言うのも本音だ。いつまでもこのまま、抱きつかれていたいほどに。

けれど、先輩の行動は予想の斜《なな》め上を行く。

「それじゃあ、手始めに……コレでもしてみましょうか」

俺の右手首を掴《つか》んだと思いきや、そのまま自分の服の下に引っ張り入れて温かく柔らかい〝何か〟に挟み込む。

一瞬《いっしゅん》、先輩《せんぱい》が何をしたのかよく分からなかった。服の下に俺《おれ》の手を突っ込み入れては温かい柔らかい〝何か〟で挟んで、一体何をしたいのか、と。

けれど、目の前の光景を見てしまえば先輩が何をしたいのか、先輩が今俺に何をしているのか、自覚する他無かった。

先輩が俺の右腕《みぎうで》をその豊満な胸で服の下から直に包み込んでいるのを自覚せずにはいられなかった。

「ちょ、紅葉先輩……っ！　胸に手が挟まって……っっ！」

「挟んでるの。好きなんでしょ？　手首をこうやっておっぱいに包まれるの」

「……好きとか、そういうんじゃ」

「正直に言ってくれないと、もうやってあげないよ～？」

「はい、好きです。やって貰いたかったです！」

先輩に何を隠しても後々バレるだろうと悟《さと》った俺は、あっけなく今の状況が至福であると白状した。と言うより、今の目の前の光景が終わってしまうのが惜《お》しく思えた。

今日の先輩の服装は、俺の誕生日のときと同じシャツとジーンズ生地《きじ》のショートパンツ。

相変わらず上は緩く、ダボっとした雰囲気が普段《ふだん》俺に見せてくれる緩い雰囲気とマッチしている。それに加えて下のショートパンツがただでさえ強い先輩の色気を強調。

結果、至福に身を委ねてしまう事になった。

目で絶景を、鼻で先輩の甘い匂いを、右手で先輩の柔らかさを、その他先輩に触《ふ》れている体全体で先輩との密着具合を感じ、頭が幸せすぎて脳みそが溶《と》けてしまいそうになる。

先輩に保管を許されたエロ本の中には、確かに胸に手首を挟《はさ》んでアレコレする内容のものがある。そしてエロ本の人物を紅葉先輩に補完して妄想した事も。

とはいえ、それを実行する勇気は俺にはなかった。しても、きっと揶揄われて終わりだとつい最近まで思っていたから。先輩と初めてキスをした日までは。

だからこそ、妄想していた事が現実になっているこの状況が幸せでしかなく、そしてそれを紅葉先輩が自らやってくれていると言うのがまた幸せを増強させる。

紅葉先輩にとって、まだまだこれは序章に過ぎないなんて事は当然、俺には知る由もなかったけれど――――。

揶揄いたがりで焦《じ》らすのが得意で、そして今でも思い出すだけであの時のもも酒の味が浮《う》かび上がってくるほどの濃厚《のうこう》なキスをする紅葉先輩が〝俺の腕を自身の胸に挟むだけ〟で済むなんて事があるはずがなかった。

かといって、その先の展開を想像できたかと聞かれたら、ノーだ。

だって、そうだろう?

「ふふっ、正直でよろしい。それじゃあ、次は……コレかな」

「……っっっ⁉」

まんまと先輩の策略通りに驚いてしまう俺がいるのだから。

『コレかな』

そう呟《つぶや》きながら先輩が手に取ったのは飲み掛《か》けの蜜柑酒。濃厚な柑橘《かんきつ》の匂いが先輩の香りと混じり合って、官能なものにも思えてしまう。

紅葉先輩はそんな蜜柑酒をあろうことか、胸の谷間に挟まる俺の右手、その人差し指目《め》掛《が》けてポトリと垂らしてきた。

自分が白のTシャツを身に纏《まと》っている事など一切気にする様子もなく……。

「ん……ちゅぷ……はむ……」

気にするどころか、蜜柑酒が垂らされた俺の人差し指を躊躇なく舐《な》め始める先輩。

人差し指に残る蜜柑酒を余す事なく味わうように念入りに、それでいて俺に見せつけるように淫《みだ》らに舌をチロチロとあてがう。

「せんぱ――ッッ」

愛《いと》しの人が執拗《しつよう》に舐めているのは俺の指なのに、まるで違うものに見えてしまって仕方がない。結果、呼びかけようとして声が詰《つ》まってしまった。

ひとえに、彼女の谷間から腕が飛び出ているから。自分の腕を、別の何かに置き換《か》えてしまっているから。

きっと普通に人差し指にお酒を垂らされても、官能的に感じることはなかったし、別の何かに見えてしまうこともなかっただろう。悶々《もんもん》とした思いが積もっていくことも……。

「せ、先輩……本当にこれはお仕置きなんですよね……？」

「んー、しょうだよ～？　ちゃ～んと君が、んっ……ちゅぷ……、キツイ思いをするようなお仕置きだよ～」

「お仕置きどころか、美味《おい》しい思いしかしてないんですが……」

「じゃあ、もうちょっとだけ刺激《しげき》が必要かな～」

二度目にしてようやく、ちゃんと声に出せた俺は、そのまま疑問をぶつけてみた。あまりにも、お仕置きとはかけ離れているこの状況について、確認《かくにん》するように。

けれど、確認したところで先輩の答えは変わらない。お仕置きであることに、変わりはないのだという。

尚《なお》もピチャピチャと舌に弄《いじ》り回される右手の人指し指。驚きが収まった事でだんだんと感覚が鋭利《えいり》となっていき、先輩の舌の動きが人差し指経由で脳に伝わっていく。

それは幸せを通り越《こ》して、無意識の欲への刺激に他ならなかった。

けれど、その時の俺はそれに気づくことなく、『こんな美味しい思いを逃《のが》してなるものか』と言わんばかりに目の前の光景を目に焼き付けていく。

「ん……じゅぷ、んじゅ……んん～、ぷはっ。ん、えへへへ……」

「先輩……紅葉先輩……っ！　やっぱりコレ、お仕置きじゃないですって……ッッ！」

「ん～？　まだ言えるってことは刺激が足りないのかなぁ？　じゃあ、もっとお酒足さないとねぇ～」

「どうして、そうなるんですかっっ！」

水音を鳴らしながら指先を咥《くわ》えては引き抜き、物足りなくなっては蜜柑酒を追加で指先に垂らしてはまた淫らに咥え始める。

次第に指先のみならず、手の甲《こう》、腕全体に蜜柑酒やそれ以外の液体で濡れていっても先輩は気にする様子もない。たとえそれで白いTシャツが汚《よご》れると分かっていても目の前の人差し指に並々ならぬ執着《しゅうちゃく》を見せてくる。

いや、Tシャツなんてどうでもいいのだろう。現に、下を見て挟まれてる俺の腕の様子を確認することはあっても、Tシャツを気にしている気配は感じないから。

むしろ、今の彼女を見て、もも酒とポッチーゲームのことを思い出してしまう。際限なく足されていく果実酒に、それを吸い取った何か。今は、その何かが、ポッチーからTシャツと腕に変わっているだけのこと。

頬《ほお》の火照《ほて》りが髪《かみ》の色によってきているのか、ほんのりピンク色。唇もお酒と唾液《だえき》で艶《あで》やかな紅色。

「ん～、どうしてだろうねぇ～？　孝志くんは、どう思う～？」

「どう思うって、だからご褒美だって何度も」

「じゃあ、何も我慢してないってことぉ～？」

「我慢っていった……い……っ!?」

「あはっ」

妖艶《ようえん》な笑顔《えがお》の恋人によって、無意識に積もっていたものを自覚させられてしまった。

それは生きていく中で正常なもので、いつ積もっていても何もおかしくないもの。そしてそれは健康的で健全な思考を持つ男性なら尚の事《こと》積もりやすいもの。

つまるところ、性欲である。

いや、よく考えれば当たり前のことだ。目の前で、愛おしい人が物欲《ものほ》しげな目で自分の指を執拗に舐めたり咥えていたりしたら、悶々とした思いが積もらないわけがない。

指ではなく、もっと体全体で愛しの人に、大好きな紅葉先輩に攻《せ》められたい。そんな想《おも》いへと積もったものが変化していく。

けれどももちろん、紅葉先輩が宣言した事を忘れたわけではない。

『キスはしない』

今にして思えば、かなりキツイもの。

キス以上の事をしていない俺にとって、この状況は生殺しに他ならなかった。押し倒《たお》したい。今すぐ押し倒して、先輩の焦った表情を見てみたい。

積もりに積もったものをすぐにでも解消したい。その為《ため》にはキスが一番なのだ。

キス以上の事を頼《たの》める勇気など、今の俺にはないのだから。

だからこそ、今の俺には逃《に》げの手段を取るしかなかった。

「あ、あの……先輩……」

「ん～どうしたの～～？　そんなに顔を赤らめたりして。あ、顔が赤いのは抱きついてからずっとだったね」

「マジなやつなので揶揄いは後にして下さい……」

「本気で辛《つら》そうだね～。どうかしたの～？」

心配そうな声とは裏腹にニヤニヤしている紅葉先輩。まるでこの状況を分かり切っているかのように。

それでも俺がやることは変わらない。逃げ道は、コレしか思いつかなかったのだから。

「ちょっと、トイレに行きたくてですね……」

「あー、そうかそうか。おトイレねー」

「そうです……だから、一旦お仕置きは――」

「でもそれって本当におトイレ？」

――まさか、トイレという逃げ道すらも塞《ふさ》がれるとは思いもしなかったけれど。

「え、えっと……それはどういう意味ですか……？　本当におトイレか、だなんて」

紅葉先輩の胸元《むなもと》からお酒と先輩の唾液まみれになった右腕を引き抜きながらソファーから立ち上がろうとした俺だったが、先輩の何気無い一言に再びソファーに座らずにはいられなかった。

『それって本当におトイレ？』

先輩からの何気無い質問。何事もなければ、こんな質問は『ええ、トイレです』で済む。けれど今の俺にはそう答える事は出来ない。してしまえば、嘘《うそ》を吐《つ》いてしまう事になる。

嘘は吐きたくないし、嘘を吐いたところできっと先輩には直《す》ぐにバレてしまう。

とはいえ、実情を明かすのも気が引ける。それは紅葉先輩に性欲が積もってきている事を伝えることに他ならないからだ。

絶妙《ぜつみょう》な空気感の中、俺はソファーにちょこんと座り先輩の様子を窺《うかが》う。

右手は未《いま》だに蜜柑酒と先輩の唾液で仄《ほの》かに湿《しめ》っぽい。それを感じながらチラリと左にいる紅葉先輩に目をやる。

いつものように鮮《あざ》やかな紅髪の陰《かげ》に隠《かく》れた、ほんの少し妖しげな表情を浮かべる恋人に。するとと、俺の視線に気付いたのか意味深にわざとらしく演技をする。

「ん～、いやね。コレはあくまで私の女としての、ううん、キミの彼女としての勘なんだけどね？」

「は、はい……」

「キミ、今ものすごくスッキリしたいでしょ？」

先輩の言っていた事はズバリ図星で、見事に先輩の勘が大当たり。

図星を突かれた俺はといえば、動揺《どうよう》を隠せずにいた。

「そ、それはだって、いっぱい飲み物を口にしてきた訳だし……っ！」

身《み》振《ぶ》り手《て》振《ぶ》りでとにかく先輩の勘《かん》を必死に誤魔化《ごまか》そうとする俺。

もちろん、そんな事で言葉を引っ込めるほど紅葉先輩は甘《あま》くない。

「飲み物もあるだろうけど、な～んかちょっと違う感じなんだよね～。それについて孝志くんはどう思う？」

「俺は特に、違和感《いわかん》なんてありませんけど……？」

「そう？　本当に？」

「本当ですよ」

「じゃあ、キミのココがオカシイだけなのかな～？」

「そ……それは……っ！」

自分の下腹部を見せつけるようにしてトントンと叩《たた》く紅葉先輩の姿に、あえて意識を向けずにいた下腹部に気が行ってしまう。熱く、煮《に》えたぎって、狂《くる》ってしまいそうなほどに緊張《きんちょう》している俺の下腹部に。

一度でも意識がソコに向いてしまえば、俺はもう誤魔化しようがなかった。

目は泳ぎ、先輩の柔らかな胸元やら魅力的《みりょくてき》な下腹部やら、そして無防備な太ももやらと、欲に忠実にも程《ほど》があり制御《せいぎょ》しようがない。

魅力的な先輩に密着され続けるだけではなく、柔らかい胸の谷間に腕を通され、挙句に指を舐め弄られたのだ。もう、とうに限界など超《こ》えている。

だからこそ、自覚している状態での怒涛《どとう》の揶揄《からか》いはオーバーキルに近い。

「あれ～？　あれあれあれ～？　そんなに動揺してどうしたの～？　もしかして、本当に

〝スッキリ〟したいの～？」

「も、もし……したいって言ったら……？」

先輩の分かり易《やす》い挑発《ちょうはつ》にも乗っかりかけてしまう。

「ん～、どうしよっかな～？　私以外の女の子とお酒を飲んじゃう彼氏《かれし》だもんな～」

「うっっ……！」

先輩のわざとらしくねちっこい言い回しがズキリと胸に響《ひび》く。

先輩にとって、俺が今日してきた事がそれだけ嫌《いや》な事だったのだろうと、痛いほどに伝わってくる。

それが異性と食事をしてきた事なのだろうか。それともお酒の方なのか。まだはっきりしないこともあるけれど、どちらにせよ先輩への配慮が大きく欠けていたのは事実。

ずしりとのしかかる先輩の言葉は、あまりにも重いものだった。それでも、動き出した先輩は厳しく攻めてくる。

「どうかしたの、孝志くん。まさか、お仕置きされてるのを忘れて一人トイレに籠《こも》ってスッキリしたいなんて言わないわよね？　可愛《かわい》い可愛い彼女とのイチャラブを捨て置いてスッキリさせようなんて、そんな事、孝志くんは言わないわよね？」

厳しい言葉とは裏腹に、先輩の瞳の奥《おく》はもの寂《さび》しげ。いつもの攻め立てるような表情ではなく、甘えたがりの表情。

　同居の話が出た翌日に見た、初めてキスをした時の愛おしい表情。

　そんな表情をされてしまえば、否応《いやおう》にも覚悟《かくご》が決まってしまう。

「ね、どう、孝志くん？」

「……言いませんよ。ちゃんと最後までお仕置きを受けます。先輩が納得いくまで、先輩が満たされるまで、逃げません」

　先輩を悲しませた事実から逃げるような事をしてはいけない、と。

　今、下腹部に感じている痛いほどの熱は、先輩を悲しませた結果のものだ、と。

　先輩の気が収まるまで、最後まで痛みを感じ続けよう、と。

　そんなさまざまな覚悟を決めると、俺はソファーに深く座り直《なお》した。それに合わせて紅葉先輩がより一層密着して――――。

「そう？　それじゃあ、お言葉に甘えて……って言いたいところだけど、お仕置きはここまでにしてあげようかな」

「…………へ？」

　来なかった。

　不思議に思い先輩の顔を見てみれば、そこにはいつもの柔らかな笑顔をする恋人がいた。

「キミの真剣《しんけん》な表情に、ちょっと満足しちゃった。あぁ、やっぱり孝志くんはかっこいいなぁ……って。だから、もうお仕置きはおしまい！　今からは普通にイチャラブしたい！」

「って、事は許して貰えたんですか……？」

「そういう事だね～」

にへぇ～と笑う紅葉先輩の仕草に、俺の全身の力が抜けていく。

先輩に許してもらえた。

その事実が、あまりにも嬉《うれ》しくて、それでいて安堵《あんど》せずにはいられなかった。

同時に、胸の奥底《おくそこ》に覚悟の言葉を誓《ちか》いの証として刻むことに。もう二度と先輩を悲しませないと強く思いながら。

そしてそんな俺の想いを再度言い聞かせるように先輩からのキツイお言葉が飛んでくる。

「あ、でも次はこう甘くはないからね!?　どうしても誰《だれ》かと食事とかしたくなったら、必ず私に連絡《れんらく》入れること！　そうじゃなきゃ、今日以上にキツイお仕置きにしてあげるんだから！」

「は、はいっ！」

「分かったなら、おトイレ行ってきていいよ。キミ、結構限界でしょ？」

「～～～っっっ!!!」

サラリと下腹部事情を心配された俺は返事をする間も無く、叫《さけ》ぶようにトイレに駆《か》け込《こ》んでいく。

「……ほんと、孝志くんを嫌《きら》いになんてなれないなぁ」

トイレに行く事に夢中だった俺には、先輩の口からボソリと放たれた言葉が届く事は無かった。

その後、トイレでスッキリしてきた俺は、事後と言う事もありなかなか先輩と目を合わせる事はできなかった。スッキリする時に何度も頭に思《おも》い浮かべた紅葉先輩とは……。

◇閑話《かんわ》◇

「ちょっと悪いことしたかなぁ」

目を閉じれば、苦しそうに顔を歪《ゆが》ませる恋人。でも、嬉しそうにも見えてしまう恋人。

ついつい、意地悪をしてしまったら辛そうな表情をしていた恋人。

でも、それでも彼《かれ》はご褒美だとギリギリまで言い張っていた。

そんなことを言われてしまえば、負けじともっと本気で意地悪してしまいたくなる。

その結果が、一人リビングに取り残される孤独《こどく》感なのだと思ったら、申し訳なく感じてしまうのだけれど。

きっと辛かっただろう。私が引き留めたときは本気で焦ったことだろう。我慢するのは相当にシンドかっただろう。

でも、ごめんね孝志くん。少しだけ。ほんの少しだけでも、分かって欲《ほ》しかったの。

「私も、まだまだだなぁ……」

あなたが他の女の子の隣《となり》にいるだけで、ものすごく胸が締《し》め付けられちゃうの……。たとえ、孝志くんの交友関係を狭《せば》めてしまうような思いだとしても、嫉妬心《しっとしん》が勝ってしまうの……。ごめんね、孝志くん。許してね、孝志くん……。

私、あなたが思っている以上に、あなたのことが本気で大好きなの……。

「すぅぅ……はぁぁ……」

息を整える。孝志くんが帰ってくるまでに少しでも気を落ち着かせておかないと、きっとまた苦しめてしまう。

「孝志くん、怒《おこ》ってないかなぁ……」

すりすり……。

孝志くんがさっきまで座《すわ》っていた場所を、何度も手のひらでさする。次第に温《ぬく》もりが消えていくのを感じながらも、手が離《はな》せない。離したくない。

たとえ、孝志くんの熱が私に向けられなくなったとしても、ずっと彼のそばにいる。

もう、孝志くんのいない生活なんて考えられない。すっかり私は、孝志くん中毒だ。

孝志くんのことばかり考えて、孝志くんの困った顔を見たくて、でも嫌われるのは嫌で嫌で堪《たま》らなくて、こうやって一人になったときは不安で不安で仕方ない。

孝志くんがそばにいるときは気分がいいのに、孝志くんから離れてしまうと途端《とたん》に嫌なことを考えてしまう。

こんな生活になってもう、一年が経《た》つ。一年が経って、同居をすることになってから益々《ますます》孝志くん中毒が加速した。

一緒《いっしょ》にいるからこそ、離れたくない気持ちが増してしまう。同じ家の中にいると分かっていても、だ。

「ほんと……まだまだだぁ……」

こてん……。

温もりが消えかかっている場所に体全体を寝転《ねころ》んで預ける。微《かす》かに、濃《こ》い男性のニオイ。

あぁ、本当に我慢《がまん》してくれてたんだね。

申し訳なさと共に感じる、ちゃんとギリギリまで我慢してくれた彼の律義《りちぎ》さ。

「……ふふ。孝志くんにはかなわないなぁ」

胸が高まる。離れているのに、孝志くんを感じて鼓動《こどう》が速くなる。
あぁ、また深呼吸しなきゃなぁ。
そう思いながらも、さっきまでとは違《ちが》い笑みを浮かべている自分がいた。

第四章　ハジメテのバー

「と、言うわけで孝志《たかし》くん！　今日はバーに行きましょう‼」

とある日の夕方。俺より一足早く部屋に大学の授業から戻ってきていた先輩が、何やら変な事を言い出した。滅多《めった》に外で食べようとはしない紅葉《くれは》先輩が、自ら『バーに行こう』と言うのだ。

何かあるのではないかと警戒《けいかい》してしまう。

「えっと、何がどういうわけですか？」

俺はとりあえず、揶揄われる事を覚悟して少し身構えた。

いつまでも先輩に揶揄われてばかりはいられない。少しくらいは反撃《はんげき》しないと。そんな事を考えながら。

けれど、どうやら身構えたのは取り越し苦労《ぐろう》のようで、少し真剣な目で俺を見つめ始める紅葉先輩。

「あれからね、私少し考えたの。どうしたら孝志くんと楽しく過ごせるだろうって」

「……あれから？」

「キミが親友ちゃんと浮気焼肉《うわきやきにく》して帰ってきた日から、よ」

紅葉先輩の口からポツリと零《こぼ》される、つい最近の俺の過《あやま》ち。紅葉先輩というものがいながら、親友とは言え異性と一緒に焼肉、そして飲酒をしてしまったという、してはならなかった大失態。

そしていやでも思い出す、その後のお仕置き。ご褒美八割、しんどさ二割の先輩らしい刺激的《しげきてき》なお仕置きを。

今、思い出すだけでもその時の熱が蘇《よみがえ》ってしまう。

「あれは断り切れなかったからって、納得してくれたじゃ無いですか！　悠《ゆう》はただの親友で恋愛《れんあい》関係なんて無いって説明もしたじゃないですか⁉」

蘇りかけていた感覚を追い出すように、先輩の言葉を強く否定する。

もちろんあれは全面的に俺が悪いし、それ相応のお仕置きもされたが、それに関しては文句は無い。

けれど、それを掘《ほ》り返されると流石《さすが》に厳しい。

自分なりに身の潔白を示した。先輩一筋だと言うことも当然口にしている。

だからこそ、先輩は『納得』してくれたと思っていたのだ。まさか、それを掘り返されるとは思わず、慌《あわ》てて声を荒《あら》らげてしまった。

けれど、これもまた取り越し苦労に終わる。

「うん、そこの部分はもちろん納得したわよ。孝志くんが私の事をだ～い好きなんだって事が分かってね」

「そ、それは……」

「違うの？　私の事、好きじゃないの？」

「……好きですよ」

「私も照れてるキミ、好きだよ～」

そう言いながら、にへぇ～と笑《え》みを浮かべる紅葉先輩。

「また先輩はそういうことをする……っ！」

「ん～？」

「いえ、楽しそうだなって思っただけですよ……」

「うん、孝志くんと一緒なら、どんなことでも楽しいわ～」

また先輩に揶揄われ悔《くや》しい気持ちが湧《わ》く俺だったが、頬を赤く染めて楽しそうにしている彼女《かのじょ》の姿を見ていると、煩《わずら》わしい気持ちがどうでも良くなっていく。

むしろ、この間の俺のやらかしが先輩にとって揶揄いのネタに昇華《しょうか》できたのなら、それはそれで喜ばしいものではないか。

次は先輩を悲しませるような事をしないと誓ったのだから。

「ところで、さっきの話とバーがどう関係してくるんですか？　お酒なら部屋で飲めばいいじゃないですか？」

昔話が自分の中でひと段落して、ようやく本題。

先輩が俺の部屋に来てから、着々とお酒がキッチン脇《わき》に増えていっている。先輩好みの甘いお酒や、とりあえずのビール、そしてワイン。そこら辺の『俺お酒飲むんで～』と言う人よりはお酒がたくさんある。

もちろん、主に飲むのは紅葉先輩。俺は軽くしか飲めないし、先輩が美味しそうにお酒を飲む姿が見られればそれで十分なのだ。

だからこそ、今回のバーのお誘《さそ》いは少し戸惑《とまど》っている。俺がお酒をそんなに飲めないからでは無い。先輩がほんのりお酒に酔《よ》っている姿を他の人に見せたく無いのだ。

ただでさえ、普段《ふだん》の先輩は人目を引く。そこにお酒に酔っているという状態が加われば、それはもう格好の餌食《えじき》に等しい。

そんなの、避《さ》けたいじゃないか。先輩には出来る限り男の視線を浴びて欲しくないし、向けていいのは俺だけであって欲しいという願望もある。

だと言うのに、同居している今に至るまで一回もした事のない先輩との夜デートの魅力《みりょく》には抗《あらが》えない自分もいるのだ。

「じゃあ私と夜のデート、したくないの？」

「したいです」

「素直《すなお》に即答《そくとう》しちゃうキミも好きよ」

「うっ……」

ニッコリと浮かべる先輩の笑みの奥に、俺の思惑《おもわく》が伝わっている気がしてならない。そして、それを分かっていてもなお、俺を困らせる方を選ぶだろう。

それが紅葉先輩だし、そんな先輩が好きなのだから何も不満にすら思わないのだけれど。

「今までは家の門限があったから夜までデートする事は出来なかったけど、今は一緒の部屋に暮らしてるから存分に夜にデート出来るわよ～」

「同居とかはあっさり許すのに、門限はきっちりあったんですね」

「だって、門限決めたのはお父さんだもの。いくら私が可愛いからって二十歳《はたち》超《こ》えてるんだから、二十一時までに帰れとか流石に厳しすぎるわよ」

何度か先輩の口から聞いたことのあった、父親の厳格具合。人の悪口を声にすることのない先輩が、唯一《ゆいいつ》と言っていいほど、厳しく苦言を呈《てい》す相手、それが先輩の父親である。

先輩が苦い顔をしてしまう厳しさの一つが門限。大学生にもなって、二十一時門限というのはあまりにも無茶《むちゃ》がすぎる。

それもあってか、先輩と同居する前からも授業終わりにデートすることは殆《ほとん》どなかった。例外として、バイトの時は門限を越えても許されたそうだけれど、その際にはバイト先を出た時に連絡を入れなければならないという、監視《かんし》体制が待っていたらしい……。

そういったわけで、同居するまでにした恋人《こいびと》らしいことと言えば、時々サークルが始まる少し前の時間に手を繋《つな》いでいたり、食堂であれこれ話したりと、それくらいだ。

そんな先輩が俺の誕生日当日にお泊《と》まりをしてくれたのだから、同居の話が本気なのだと分かってしまう。

「でも同居は許して貰《もら》えたってことはそれだけ先輩の熱意が伝わったって事ですよね？」

「……う、うん。そうね。柔軟《じゅうなん》なお父さんで助かったわ」

「機会見つけて、直接挨拶《あいさつ》しに行かなきゃですよね」

「そうね。機会を見つけて、ね！」

どこか様子のおかしい先輩。けれど、それを口にしていいものか不安になってしまう。

話に聞く限り先輩の父親は厳しそうな人で、そんな人の前に果たして俺は失礼の無い挨拶ができるのだろうか、と。

そんな不安を抱《かか》える俺に先輩は、クイっと俺の服の袖《そで》を引っ張る。

「そ、それより今日はオシャレな格好で行こうね！　せっかくのバーなんだから！」

「そ、そうですね！　今から緊張してきました!!」

お互《たが》いに、夜のバーにそれぞれの想いを馳《は》せながら。


「孝志く～ん、お待たせ～！」

「だ、大丈夫《だいじょうぶ》です！　全然待ってないです!!」

「あはは、私が先に孝志くんを駅前に出発させたんだから、そこは『待ちましたけど、先輩の素敵《すてき》な姿を見たらどうでも良くなりました』でいいんだよ～？」

駅前の時計台で待って、早三十分。黒のインナーショーツに、スリットの入ったハイウエストのグレースカート。

着慣れた様子で白のカーディガンを羽織り、いつも以上にオシャレな格好をした紅葉先輩が俺の前に現れる。

そして何より、長い髪を下ろした見慣れない恋人にいやが上にも緊張してしまう。首元のシースルー生地がさらにそれを助長させる。

いつもの無防備な格好と違って少しだけ大人な先輩の姿に、俺は挙動不審《きょどうふしん》になりながらも定番の文句を言ってみたが、良く考えてみればそれは無意味な言葉だった。そもそも同じ部屋に住んでいて、俺が先に出ている事を先輩自身が知っているのだから。

それでも、定番の言葉を言われて嬉しかったのか、先輩はニコリと笑って俺の頭を優しく撫《な》でてくる。

普段とは違う髪型《かみがた》の先輩だけれども、中身はやっぱり愛しに愛した紅葉先輩だった。

「い、いえ……本当に。先輩がどんな服装で来るのかな～なんて考えていたらあっという間に時間が来ていたと言いますか……」

「本当に～？」

「本当ですってば！　先輩、オシャレで似合うから、覚悟しておかないとって……！」

「で、その覚悟に見合った服装にできてるかな？　今の私は」

「覚悟以上です」

「えへっ、やったね！　今日も一本勝ち!!」

俺が先輩のオシャレを心待ちにしていてどれだけ待っていたのかあまり気にならなかった事、そして先輩のオシャレが俺の想像以上だった事を伝えると、紅葉先輩はとても嬉しそうにまた笑顔を見せた。

反して、自分の服装はどうだろうか。黒ジーンズに軽く英語のロゴが入った白シャツと無地で紺色《こんいろ》の上着。シンプルで妥当《だとう》だけど、自分の中では十分オシャレな格好。

それでも目の前の先輩と比べると見劣《みおと》りしてしまうのは明らかで、少し自信を無くしてしまう。

まだまだ、先輩に見合う男になるには時間がかかりそうだ。

魅力的な先輩の姿にざわつく駅前の中にいたら、嫌でもそう思ってしまう。

そんな自己嫌悪《けんお》に陥《おちい》りそうな状況《じょうきょう》から離れるべく、俺は先輩に問いかける。

「それで、今からどこにいくんですか？　バーに行こうって言ってましたけど、駅の近くにあるんですか？」

少なくともこの場から離れよう。そうするには、やはり夜デートを始めるのが一番だ。

そう思ったのだが、俺は大事な事を忘れてしまっていた。

「うん、ちょっと分かりにくいところにはあるんだけどね〜。隠《かく》れ家《が》的な感じで結構楽しいよ〜」

「あ、でもお金が……」

「うん？　お金がどうかしたの？」

「この間の焼肉で手持ちが……。バイトの給料前なのでさらに……」

悠との強制焼肉の時に手持ちを大分使ってしまったのを今の今まで忘れていたのだ。

デート前に確認やら、ＡＴＭに行くなりできたのだが、あいにく先輩《せんぱい》がどんな服装で来るのかを考えるのに注力してしまい今に至っている。

仮に気づいていても、引き落としの必要残高を除いたら殆ど残金がない今の状況じゃ、どっちにしろ変わらなかったかもしれないけれど……。

そんな情けない自分にきっと先輩は呆《あき》れているだろうと待っていると、まさかの言葉が返ってきた。

「その事なら心配ないよ～。孝志くんはお金の事気にせず飲んじゃっていいからね～」

一瞬《いっしゅん》、言葉の意味が分からなかった。

『心配ない』？　一体何に？　呆れる事に関して？　それとも別の何か……？

『お金の事気にせず』？　もしかして手持ちがないの、最初からバレてた……？

などなど、さまざまな憶測《おくそく》が頭の中で飛び交《か》った。

「……で、でも流石に奢《おご》ってもらうなんて」

先輩にどんな思惑があるのかも良く考えず、初めての夜デートに浮《う》かれて奢りと言う発想になってしまったのだ。

もちろん、先輩が鬼《おに》ではない事は良く知っている。むしろ、先輩を悲しませたのに一時的に欲の処理を禁じる程度で許してくれる優《やさ》しい彼女だ。

「チッチッチ、甘いよ孝志くん」

「え？」

「私は奢るとは言ってないわよ～？　もちろん、今日の分は出すんだけど、タダって訳にはいかないわ。それくらい、アルバイトしてる孝志くんなら、なんとなく分かるわよね～？」

「それなりの対価を用意しろ、ってやつですね……？」

「そういうこと。流石は孝志くん。良く分かってるじゃない」

　紅葉先輩がイタズラ好きの困った人だと言うことも、知っている。しかも、その対象が俺《おれ》だけだと言う事も。

　あぁ、なんて嬉しいことだろうか、と思ってしまう自分を誇《ほこ》りにすら思えている。

　先輩の服装にだって思うことがある。

　いつも部屋の中では胸元が危なかったり、太もも丸出しだったりなのに、いざ外でデートとなればオシャレしつつもしっかりとガードを固めてきている。

　意識してなのか、無意識なのかは先輩にしか分からないけれども、現状、先輩の無防備な姿を知っているのは俺だけ。

　こんな幸せなことがあるだろうか。俺だけが、先輩の崩《くず》れた格好を知っている。彼氏である俺だけが、先輩のことを多く知っている。誰にも渡《わた》さない。先輩のことをよく知るのは俺だけだし、先輩に揶揄われるのも俺だけでいい。

そんな事を考えていると、自然とさっきまで自己嫌悪だった自分が消えていた。同時に、少しだけ自信に満ちた自分がいる事に気づく。

気持ちが整っているチャンスを逃す手はない。俺は先輩に軽く質問することに。

「で、俺は何をすればいいんですか？　一応、可能なものにしてくださいね？」

「大丈夫よ。孝志くんにしかできない事をして貰うから」

先輩がニコリと笑って答えた次の瞬間《しゅんかん》、先輩は俺の真横に位置取っていた。しかも、腕《うで》を絡《から》ませて、その上に恋人繋《こいびとつな》ぎ。

「えっと、これは……？」

「今日一日、お部屋に戻《もど》るまでこうしていましょ？」

自信に満ちた俺はあっという間に消え去った。先輩の腕組《うでぐ》みと恋人繋ぎ、そして甘い声のトリプルコンボによって、いつもの、ただただ揶揄われるだけの俺に、戻っていく……。

それでも、先輩の柔《やわ》らかさを外でも感じ続けられるのならいいかもしれない、と思ってしまうのは、なんて幸せ者なのだろう。


「ついたよ～」

「なんと言うか……本当に、隠れ家みたいですね……」

紅葉先輩に駅前から案内される事、約五分。俺と先輩は暗い裏路地で妖《あや》しい色のネオンを放つ小さなビルの前にやってきていた。

ビルのエントランスにはいくつかの店の名前。パブやメイド喫茶《きっさ》など駅前の明るい場所ではそうそう見る事の出来ない店看板の中に、目的のバーの名前が。

バーの名前は『ハイド』。名前のまんまなバーに俺は逆に安心してしまった。

そんな俺の様子に、紅葉先輩は嬉しそうにしながらビルの中へと俺を誘導《ゆうどう》し始める。駅前から組みっぱなしの腕と繋ぎっぱなしの手を外さずに。

「いいよね、ここ。穴場だから休みの日とかに時々来てたんだ～」

「あぁ、授業終わりとかじゃ門限で来れませんもんね」

「そゆこと～。だから、誰かとバーにくるのも実は初めてなんだよね～」

「……っ！」

三階にあるバーに向かうべく入ったエレベーターの中で、先輩は不意打ちで俺の肩《かた》にちょこんと顔を乗せてくる。

恋人からの『初めて』と言う言葉も重なって、ただ体と心を震《ふる》わせる事しかできない。

当然そんな事は紅葉先輩にとって格好の揶揄いネタにならないはずもなく――――。

「あ、ドキッとした？」

「し、してません！」

「手繋いでるんだから、意外と動揺したの分かるんだよ～？」

繋いでいる手に指を絡ませて、より一層俺に先輩を意識させようとしてくる。

そんな事をされてしまえば、先輩の顔を見れなくなってしまう。先輩の唇《くちびる》ばっかり見てしまうし、話に集中できずに意識は唇と手を交互《こうご》に行ったり来たりしてしまうだろう。

着々と欲が積もってしまうのだって、時間の問題。そう考えていたら、自然と首が先輩と真逆の方向を向いていた。

もちろん、俺が先輩と真逆の方向を向く事を先輩が見逃《みのが》してくれるわけがない。

「顔背《そむ》けちゃって～。私だってドキドキしてるんだから恥《は》ずかしがらなくたっていいのに」

そういって先輩は、空いている手を俺の顎《あご》に添《そ》えてゆっくりと顔の正面へと俺の顔の向きを戻していく。

改めて見た先輩の表情は、やっぱりいつもの揶揄っている時のもの。俺の心を見透《みす》かして、揺《ゆ》さぶって、好きを増幅《ぞうふく》させる魔性《ましょう》の笑顔《えがお》。

まだお酒を飲んでいないのにも拘《かか》わらず先輩の唇はほんのり濡《ぬ》れていて、それがまた魔性度合いを高めている。

けれど、先輩の魔性が嫌と言うわけでは無く、一方的に攻《せ》められてばかりいる自分が嫌いなだけ。反撃の糸口があれば、別段先輩の顔を見るのも堂々とできる。

　今回も、そうだ。

「……本当ですか？　先輩もドキドキしてるって」

「もちろんよ。なんなら確かめてみる？」

「確かめるって、どうやって？」

　先輩の弱いところを確かめよう。そんな魂胆《こんたん》で、反撃を試みているのだ。

「そりゃ、もちろん、私の胸にキミの手のひらを押《お》して確かめるんだよ？」

「それは……っっ！」

「えへへ、冗談《じょうだん》だよ～。ドキドキした？」

「そりゃしますって……心臓に悪すぎます……」

「素直に『ドキドキしてる』って言えば良かったのに顔背けて逃《に》げようとするからだよ～？」

「それは、ごめんなさい」

「わかればいいの。わかればば。次、素直に言わなかったら本当にしちゃうからね～？」

「次はちゃんと言いますから！　だから、その……腕に胸を押し当てないで下さい！　ど……ドキドキしちゃいますから!!」

「うん、素直が一番だね～。ご褒美《ほうび》にもっと押し付けてもいい？」

「ダメです!!」

「ちぇ～っ」

まぁ結局、いつものように返《かえ》り討《う》ちに遭《あ》うのだけれども。

そうして気づけば、エレベーターは三階に到着《とうちゃく》し、初めてのバーが始まる。

「とりあえず、甘くて飲みやすいのを二つお願いできるかしら？」

「かしこまりました」

手早くカウンターの席に着いた俺と先輩。メニューを見ずにとりあえずで甘いお酒を頼《たの》む先輩の姿に、大人らしさを感じずにはいられない。

「……慣れてますね」

「そりゃ、月に二回来てればね～。まぁカクテルの種類とかは覚えられないから、いつも好みを伝えてマスターのおまかせにしちゃってるけどね」

「大人な女性って感じがしていいと思います」

「そう？　じゃあ、別にカクテルの名前覚えなくてもいいっか～」

「……好きなカクテルくらいは覚えたほうが」

にへ〜と笑いながら、あっけらかんとした口調で『カクテル覚えない』宣言をする先輩に、いつものように俺は呆れる。

格好や仕草は大人っぽいのに、話している内容は逆に子供。そんなギャップのある先輩に呆れながらもドキリとしてしまうのは、どんな先輩でも好きだからだろう。

そしてそれをバー特有の静かでそれでいてアングラな雰囲気《ふんいき》が増幅させてくる。

「じゃあ、キミが今日覚えて私に教えてよ」

「俺が、ですか?」

「だってこれからここに来るのは、キミと一緒の時だけって決めたから」

先輩の言葉の直後にピーチカクテル、ファジーネーブルが静かにカウンターに置かれた。

カチンとグラスを鳴らした後に飲んだ、初めてのカクテルは想像以上に甘くて……少し、先輩とのお酒を交えての深いキスを思い出してしまう。

——そう言えば、あの時は一緒にも酒を飲んでいたな……。

そんな事を心の中で呟《つぶや》きながら、俺はまた甘《あま》いカクテルに口をつけるのだった。

「次、私にはピーチフィズ、隣の彼にはカシスオレンジをお願いします」

「かしこまりました」

あっという間に濃厚《のうこう》ピーチカクテル、ファジーネーブルを飲み干した俺と紅葉先輩。

とある日にした、もも酒風味のキスを思い出しちょっぴり悶々《もんもん》としている俺とは違い、普段からお酒に触《ふ》れている先輩はなんて事ないように次のお酒を注文する。

先輩は引き続きピーチベースのカクテル、俺はどこかで聞いたことあるような名前のオレンジカクテル。正直どんなのがくるのか分からないし、今、この瞬間はそんな事はどうでもよかった。

『隣の彼』

先輩がなんとなく言ったその言葉にドキリとせずにはいられなかったから。

彼氏としての〝彼〟なのか、それとも指示語としての〝彼〟なのか……。前者であって欲しいな……。

欲深いことを考えながら、なおも繋ぎ続けている先輩の手を強く握《にぎ》る。不安な気持ちをそのままに伝えるために。

「あの……先輩？　そんなに速いペースで飲んで大丈夫なんですか？　お酒とかその……」

「お金の事、心配してくれてる？　それなら心配ないって」

「そうは言われても、やっぱり不安にはなりますよ」

「えへへ～、孝志くんってば優しいね～」

「揶揄《からか》ってる場合ですか」

バーに入ってまだ十分。俺のグラスにはまだ半分、先輩のグラスはすでに空っぽ。

いくら甘いお酒が好きだと言っても、今日は家飲みではなくバー飲み。飲んだら飲んだ分だけ青天井《あおてんじょう》にお金がかかっていく場所。

そんな中でのハイペースな注文。来店前に『お金の心配はないよ～』と言われたが、流石に心配になってしまう。

それでも、強く握った俺の手を優しくさすっては蕩《とろ》けた目でこっちを見つめる紅葉先輩。

どうしてそんなに余裕《よゆう》でいられるのか、俺には分からなかった。

「まぁ大丈夫だってば。キミが思っているような事は起こらないよ」

「それなら、いいんですけど……」

「でもそっかぁ、お金の心配で私に集中出来てないなら、ネタバラシしとくかなぁ～」

恋人の蕩けた目をみてもなお、不安に駆られている俺を見兼《みか》ねた先輩はカウンター席に伏《ふ》せられたままのメニュー表を俺の手元に持ってくる。そこには『大学生限定！　カクテル飲み放題二千円！』の文字。

「え、飲み放題二千円って……カクテルが⁉」

「そ。驚《おどろ》いた？」

「驚くなんてものじゃないですよ！　それにこれ、時間制限が書かれてないようにも見えますけど……」

「そりゃ、その通りだもの。少しでも口コミで広げて欲しいって意図を込めてオーナーさんがこう決めたんだってさ。まぁ、結果は見ての通り裏路地で人集まってないけど」

驚くなんてものではない。時間制限無しで飲み放題。手間が普《ふ》通《つう》のお酒より掛《か》かるカクテルをたった二千円で満足するまで味わえる。しかも、カクテルでなくとも、ビールや日本酒も飲み放題。オーナーさんの正気を疑うレベルだ。

客寄せの為《ため》のアピールだと分かっていても、酒好きの人からしたら絶好の場所だろう。

現実は、裏路地で妖しいネオンのせいもあって殆ど人がいないが……。

「お待たせしました、ピーチフィズとカシスオレンジです。引き続きごゆっくりお楽しみ下さい」

そうこうしている間に、先輩が頼んでいたお酒がやってきた。俺はグラスに残っていたファジーネーブルを一気に流《なが》し込んで、空になったグラスを先輩のと一緒に渡す。

そんな俺の行動を見ていた先輩は満足そうに語り掛ける。

「さ、これでお金の心配は無くなったわよね？」

甘いお酒と雖《いえど》も、お酒はお酒。さっきまでしっかりしていた頭が、少しだけふわふわしてくる。

それと同時に、ほんの少しだけ、気が強くなる。

「そう、ですね」

「じゃあ、私とのお酒に没頭《ぼっとう》してもらうわよ～？　初めてのキミとのバーだもの。どっぷりゆっくりお酒に酔いながら幸せに過ごしたいわ」

「お、俺も……先輩とお酒をゆっくり楽しみたいです！」

「ふふっ、言うじゃない。ドキドキしちゃってるくせに」

「先輩だって、負けじとドキドキしてますよね？」

いつものように相槌《あいづち》を打ちながらも、何気ない先輩からの揶揄いを打ち返す俺。

別にいつもの仕返しをしようと図《はか》ったものでは無く、ただ気づいたら打ち返していた。

絡み合った腕に感じる先輩の柔らかな身体。意図的に、俺を悶々とさせんとしてくる先輩の常套手段《じょうとうしゅだん》。

けれど、先輩と雖もカウンターを貰っていつも通りでいられるほどではなかったようで、耳がほんのり赤い。

その赤さは酔った赤さでは無いのを俺はよく知っていた。先輩が酔った時は、頬《ほお》を赤く染めるまで、と。

今の先輩の耳の赤さは本気で照れている時の赤さだ、と。

けれど、俺は油断していた。

「そんなの当たり前じゃない。……こうして、手を繋ぐのずっと楽しみにしてたんだもの」

「先輩……」

先輩がただやられっぱなしで終わるわけがない、と。

俺は思わず、手前に置かれたカシスオレンジを一飲みした。……勝ち誇らしげの目をした赤耳の紅葉先輩から顔を背けるべく。

「あ、照れ隠《かく》しでお酒飲んでる〜」

「別に照れ隠しじゃないです！　これはその、どんな味か確かめたくて一口飲んだだけです!!」

「じゃあどんな味か、教えてよ」

「それは……」

「ほら言えない」

言えるわけがない。ただ、顔が見れなくて……その口実が欲《ほ》しくて口に含《ふく》んだだけなのだから。口に含んだカシスオレンジはあっという間に喉元《のどもと》を通り過ぎて、酔いを加速させるだけだった。

それでも、先輩が、勝ちを確信した紅葉先輩が攻めをやめてくれるわけがない。

「あ～あ～、お酒に酔って少しは素直になってくれると思ったんだけどな～。やっぱりおっぱいで分からせてあげるしかないのかなぁ～？」

そう言って、握った手をゆっくりと少しガードの固い胸元《むなもと》へと近づける。ガードの固い服装の先には柔らかい谷間がある事を俺は知っている。知ってしまっている。

谷間に手首を通され、柔らかく挟《はさ》まれたまま指先を舐《な》め回されたあの時に。

意識しなくても思い出すあの時の感覚。そしてまた一つ積まれていく悶々とした感覚。それらを振《ふ》り切るように俺は本音をぶちまけていく。

「そ、そうです！　照れ隠しです！　先輩とこうして手を繋いでデートしたかったですし、夜にゆっくり過ごしたかったから、今、この瞬間が最高に楽しくて仕方ないです!!」

本音を言い切った後、俺は何かが吹《ふ》っ切れた。

「んふふ、嬉《うれ》しいねぇ～。そんなこと言われちゃうと、も～っと揶揄いたくなっちゃう」

先輩のイジらしい笑顔に、カウンターテーブルの上に置かれた恋人繋ぎされたままの柔らかな手。

ファジーネーブルでコーティングされたお酒味の唇に、さりげなく擦《す》り寄せられた腰《こし》。

暗く、大人な雰囲気《ふんいき》漂《ただよ》う静かな空間で、俺はもう堕《お》ちてしまった。

「……いいですよ。いっぱい、先輩の満足するまで揶揄ってください」

酔いに身を任せてみたら、どうなるんだろうか……。

そんな事を考えながら、泥沼《どろぬま》の思考に沈《しず》んでいく。

「今日は先輩のおもちゃで、いいです」

記念すべきバーデビューでも、先輩に勝てなそうなのを認めながら。


「はい、お口開けて～？」

「は、はい……」

「ちょっと強いから、気をつけて飲《の》み込《こ》んでね～？」

「は、はい……っ！」

「それじゃあ、ごっくん」

「……んっ、ふぅ……。酸《す》っぱいけど、飲みやすい、です……」

お酒の酔いに身を任せて、およそ三杯《ばい》目。先輩に頼まれるままにお酒を飲んでいた俺は、とうとう口元にグラスを運んでもらって飲ませてもらうまでに堕ちていた。

飲ませてもらっている事に何の違和感《いわかん》を覚えず、ただ口の中に広がるお酒の風味を感じて反応を示す事が今の俺にとって正しい事のように思えてしまう。

今、口にしたはっさく酒を喉奥《のどおく》に流し込んでもそれは変わらない。

「よしよし、いい子いい子～」

「先輩に喜んで貰えるなら何でもしますよぉ……！」

先輩に頭を優しく撫でて貰える。それが最高のご褒美であり、『このまま堕ちたままでもいいかも』と思わせてくる要因でもあった。

脇腹《わきばら》には依然《いぜん》として抱《だ》きついたままの紅葉先輩の柔らかさ。

「んふふ、いい感じに酔ってるね～。釣《つ》られて私も酔ってきちゃった」

「先輩って酔っ払《ぱら》うとグネグネするんですね。ちょっと変わった酔い方が先輩らしいです」

「どちらかと言うと君が酔い過ぎてるんだよ～？」

「俺はどんな先輩でも好きですから、もっとグネグネしてもいいんですよぉ？」

「……っ！」

ふわふわした状態で見つめる紅葉先輩はどこか落ち着きが無く、いつもの揶揄いたがりな表情は見られなかった。

耳の赤さが頬まで侵食《しんしょく》し、手のひらに感じる先輩の体温はちょっぴり高い。

濃厚に絡め合った指がモゾモゾと動き出し、それはどこか抜《ぬ》け出そうとしているようにも思えてくる。

顔を背ける気配はないけれど、どこか意識を逸《そ》らしたい。そんな先輩の不思議な行動に俺は身に覚えがあった。

「あ、あはは……こりゃ、ちょっと参ったなぁ……」

ポリポリと空いた手で首筋を掻《か》く紅葉先輩。口元は言葉とは真逆に緩《ゆる》みきっている。

つまりはそういう事だろう。

「……先輩？　もしかして、照れてるんですかぁ～？　いつもは揶揄ってばっかの先輩が、本気で照れちゃったんですかぁ～？」

先輩への攻め口《くち》を見つけた俺は酔いに身を任せつつも、いつもの揶揄いの仕返しをせんと張り切った。その結果、感情の抑制《よくせい》が外れてしまったけれども。

「そうよ、孝志くんの言うとおり照れてるわよ。やっぱりお酒は気をつけないといけないわね。嬉しい気持ちを出し過ぎないようにしてても、お酒を飲んじゃうと上手《うま》くそれが抑《おさ》えられないもの」

「嬉しい気持ちを揶揄いに向けるのもどうかと思いますけど～？」

「でもキミはそれでも喜んでくれるじゃない」

「素直な先輩も見たいんですよ、俺だって〜！」

「お酒を飲んだキミはちょっと素直すぎるわね。まぁ、そんな孝志くんも好きだけどね〜」

「俺も先輩が好きです」

「知ってる」

お酒に飲まれても、いつも隠していた感情が隠しきれなくなっても、俺が調子に乗り過ぎても、先輩は冷静だった。

反して俺は、上手く感情のコントロールができずに思った事をそのまま口にしてしまう。

揶揄われる事より、素直な先輩がみたい事。そして何より先輩の事を本気で好きな事を。

日常的に好きと言っていても、それはやっぱり上手く伝わっている気がしなく、『好き』が『ライク』に受け取られているのではと不安になってしまう。

同居しているからと言っても、その不安はなかなか減らない。

先輩が俺と付き合いだしたきっかけは未《いま》だに分からない。『キミを揶揄っている時が好きだから』。そう言われてもイマイチピンと来ていない。

じゃあ、揶揄っていない時はどうだったのだろうか。今、この瞬間、揶揄われていない時でも俺の事を好きでいるのだろうか。

先輩を好きな感情と一緒《いっしょ》に不安の感情もコントロールを失っていく。

それでも先輩に負の面を見せないのは、先輩に嫌《きら》われたくないからだ。

先輩が俺をどんな風に思っていたとしても、嫌われていないのならそれでいいのだから。

そんな事を思っていると、先輩がおもむろに手をあげる。

「すいません、次はコレください」

「……かしこまりました。少々お待ちくださいませ」

さっきまでとは違《ちが》い、メニュー表を指差し何かを注文する紅葉先輩。気のせいだろうか、どこかさっき以上に先輩の体温が高く感じる。

「今度は何を頼んだんですか～？　やっぱり甘いお酒ですか～？」

「そうね。甘いお酒よ」

「好きですね～」

「そうよ、甘いのは好きよ」

興味本位で先輩に注文を聞くと、少し返事が一辺倒《いっぺんとう》。聞かれたことをそのまま返すだけ。

色々と探《さぐ》りながら、揶揄いどころを見つけようとしている先輩の姿はそこにはなかった。

「だから、一緒に飲も？」

「一緒、に……？」

目の前にいるのは、ただ甘いお酒に沈んだ年上彼女《かのじょ》。

深紅《しんく》の髪《かみ》を横に束ね、掴《つか》みどころのない笑顔で俺の心を揺さぶってくる、愛する人。

そんな人と俺の間に置かれたのは、たった一つのお酒。

「お待たせしました。カルーアミルクとカップルストローでございます」

ハート型にアーチを描《えが》く、二本のストローが刺《さ》された、レディーキラーと名高い甘く飲みやすいお酒。

今回の標的は、男の俺だと言うのに――――。


「しぇんぱぁい……頭ふわふわしてきましたぁ……」

「そりゃ、いっぱいお酒飲んだからね～」

「でも不思議と先輩とならまだ飲める気がしますぅ……」

「飲みやすいけど、度数高いから気をつけてね～？　って、言っても意味ないか。結構飲んじゃってるし」

「先輩の好きな味、たくさん覚えないとぉ……」

「無理はしないでね～？」

カルーアミルク。それは口当たりの良さとは裏腹にかなり度数が高いお酒。ビールや果実酒とは違ってお酒独特の苦味やクセが極端《きょくたん》に少ない為か、色々と悪い事を考える男に悪用された結果、女性を酔《よ》い殺させるお酒・レディーキラーとして知られている。

もっとも、今こうして酔い殺されているのは男の俺なのだけれど。

隣《となり》にいる紅葉先輩はさながら狡猾《こうかつ》な女豹《めひょう》。獲物《えもの》を気分良くさせて、じわりじわりと捕《と》らえるチャンスを狙《ねら》うように。

紅葉先輩とデートってだけでそもそも気分は最高潮。その上、継続的《けいぞくてき》に腕で感じる紅葉先輩の柔らかさ。そして、あの時のキスを思い出しかねない甘いお酒。

先輩に捕らえられるには十分すぎる条件が整っていた。

そんな状況に俺は一切嫌《いっさいいや》な感じはしなかった。

それどころか、早く先輩の好きにして欲しいとさえ思っている。

悠との焼肉の件でのモヤモヤをこの場で発散できるのなら。全て発散できずとも、それで先輩が楽になるのなら……。

蕩けきった頭が更《さら》に堕ちていく。その最中に、聞き慣れた声が後ろから聞こえてくる。

「あの～、大丈夫ですか？　って、孝志じゃん！　こんなに潰《つぶ》れるまで何してんのお前」

「あれ……悠、なんでこんなところにいるんだ……？」

「そりゃ、ここがバイト先だからな。んで、酔い潰れかけてるラブラブ大学生カップルがいるって事で、酔い覚《さ》ましのお水ついでにそのカップルの面を拝んでやろうと思ってな」

「悠らしくて突《つ》っ込むところがないな。おかげでちょっぴり酔い覚めちゃったよ……」

「むしろ完全に覚めてしまえ。親友のデレデレしてる様なんて見たくないし」

慣れ親しんだ男勝《おとこまさ》りの口調。酔った頭をゆっくり動かして後ろを見てみれば、そこにはいつものフードとウェイターの格好をした親友、園田《そのだ》悠の姿。

客の前だと言うのに、それを気にする様子もなく、大学でのやりとりのように悪態をこれでもかとついてくる。

すると次第《しだい》に頭が冴《さ》えてきてしまう。それは、きっと『紅葉先輩との二人きりの空間』では無くなったからだろう。

俺と紅葉先輩との間に邪魔《じゃま》が入る事はない。そんな無意識の中での安心感が、酔いを加速させていたのかも知れない。

すると、さっきまで気にならなかった事が急に気になるようになってくる。

例えば、悠の服装。

紅葉先輩の行きつけのバーが悠のバイト先なのも驚きだったが、フードを外さずにしかもウェイトレスの格好ですらないのが不思議でならなかった。

俺がそんな事を気にしているとは思っていないのだろう。あっけらかんと笑って、この場から離《はな》れる気配がない。

「あ、あの……孝志くんとは一体どういう……」

我慢《がまん》の限界がきたのだろうか、嫌《いや》な顔をしながら悠に話しかけて牽制《けんせい》する先輩。

紅葉先輩も今は二人っきりがいいのだろう。そんな風に感じ取れた。

が、悠には先輩の意図が伝わっていないように見られる。

「あぁ、このバカの彼女さんですか？」

「え、ええ」

「この間はコイツを独占《どくせん》しちゃってごめんなさい。ちょっとコイツばっかりいい思いしてるのが腹立たしくて八つ当たりで焼肉に連行させちゃったので」

「いいのよ、孝志くんから事情は聞いてるから」

一通り話を終わったのにも拘《かか》わらず、悠は離れる気配がない。

それどころか、ジロジロと俺と紅葉先輩を交互に見て何か品定めしている感じがあってあまりいい感じはしなかった。

感じるものは違えど紅葉先輩も同じようだった。

「ところで、フードは外さないの？　一応今は接客の時間だと思うのだけれど」

そう言って、苛立《いらだ》ちをあらわにする隣の恋人《こいびと》。すると、先輩の言葉が響《ひび》いたのだろうか。

「ちょっと色々あって、外したくないんですよ。お見苦しいとは思いますが、普段《ふだん》は裏方に徹《てっ》してますので勘弁《かんべん》して下さい」

謝罪の言葉を口にしながらもフードを深く被《かぶ》り直す悠。まるで、素顔《すがお》を見せたくないのかのように。

そんな姿に、紅葉先輩は何か感じるものがあったのだろう。

「そう。アナタも訳ありなのね」

「……も？」

「ううん。こっちの話。そろそろ帰るわね。お勘定《かんじょう》、いいかしら？」

急に立ち上がったのかと思えば、帰る準備を始める紅葉先輩。

慌《あわ》てて俺も帰る準備を始める。酔いが覚めてしまった今の状況で新しく甘いお酒で酔い直しをする気にはなれなかった。

「あ、支払《しはら》いなら大丈夫《だいじょうぶ》ですよ。今回は友人が来たって事で店長にサービスしてもらいますから」

「あ、いや流石《さすが》にそれは……！」

「この前、孝志経由で迷惑掛《めいわくか》けたお詫《わ》びですよ。というか、しないと私の気が済みません」

「そ、それなら……遠慮《えんりょ》なくサービスして貰《もら》おうかしら……？」

「そう来ないとですよ！」

いつの間にか親しげに話をしている恋人と親友を目《ま》の当たりにして、少しモヤッとしてしまった。

◇閑話《かんわ》◇

「……まさか、本人に会っちゃうなんて、思っても見なかったなぁ」

孝志くんとバーにいくことになった原因の彼女と鉢合《はちあ》わせるなんて考えもしなかった。それもまさか、お気に入りの店で、だ。どんな偶然《ぐうぜん》だろうか。

しかも私と同じ訳ありっぽかった。もちろん、事情なんて人それぞれ。私には知るはずのない理由で。

「どこかで、キチンと話してみたいわね。それこそ、孝志くんのことでも」

私は彼女を、悠ちゃんを気に入ってしまった。

確かに、初印象はあまりいいものではなかった。だってそうでしょう？　接客中にパーカーフードを被ったままなんて非常識にも程《ほど》がある。

けれど、お店側が彼女の風貌《ふうぼう》を良しとしているのなら、もう口出す必要はないじゃない？

むしろ、そこまでしてフードを被り続ける彼女の心情が知りたくて仕方がない。

「悠ちゃん、どんなものが好きなのかなぁ」

好きなもの。嫌いなもの。そして、どうなって孝志くんと仲良くなったのか。

彼女のさまざまなことが知りたくなってしまう。

孝志くんの親友である彼女だからこそ、知りたくて知りたくてたまらない。

「孝志くんがどんな子が好きなのか、もっと知れるかもしれないものね」

私の心の内を知ったら、きっとみんなは気持ち悪いっていうのだろう。遠く離れていってしまうのだろう。私のことを知らずに。私のことを表面的にしか知らないくせに。

そんな人のことなんて私はもう気にしてなんていない。というより、眼中にもない。

私には、孝志くんだけいればいいのだから。

バーのお手洗いで、化粧《けしょう》直しをしながら、静かに気持ちを奮わせる私なのであった。

第五章　風呂場、されど口は乾き、背中に柔らか

「ねぇ、バーで会った悠《ゆう》ちゃんってどんな子なの？」

「……どうしたんですか、急に」

「ん～、ちょっと気になっちゃってね」

「そうですか……」

時は昼下がり。口に運ぶのは先輩《せんぱい》お手製シジミの味噌汁《みそしる》。酔い覚ましによく効くシジミエキスを心身共に染《し》み込ませながら、ご機嫌《きげん》な紅葉《くれは》先輩を眺《なが》めるバーデートの翌日。

頭はガンガン鳴《な》り響き、体は絶不調。お酒を飲みすぎて、気分もダウナー。

紅葉先輩はといえば、アレだけ飲んだのにも拘《かか》わらずケロッとしている。お昼まで寝《ね》ていた俺《おれ》とは違って、いつも通りに起きては課題を済ませて、お昼も用意してくれていた。

そんな絶好調の紅葉先輩がどういったわけか悠に関心を示している。バーで会った時何やらやりとりしていたようだけれど、内容まではよく覚えていない。正直、いつ帰って来たのかさえも覚えていない。

というより、あの悠がバーでバイトしているのを昨日初めて知った。そして接客中にも拘わらずフードを外している様子は無かった。きっと、彼女の言ってたように裏方に徹しているのだろう。

声掛けをしてきた時は接客らしい声を出していた為、それなりに仕事をしているようにも感じられた。

その直後に俺だと分かって、いつもの男勝りな口調になり紅葉先輩をイラつかせてしまっていたようだが……。

そんな俺の親友の何を先輩は知りたいのだろうか。一抹《いちまつ》の不安を覚えながら、先輩の様子を窺《うかが》っていると少し棘《とげ》のある言い方で問い詰《つ》められる。

「で、どういう子なの？　仲良いんでしょ、あの子と」

「仲良いというより、大学で友達付き合いがあるの悠だけですし」

「ありゃま、それはちょっぴり寂《さび》しい」

「でも悠が声掛けてくれなかったら、少なくとも先輩と会う時以外は寂しい大学生活を送ってましたね」

「ふぅ～ん……」

先輩の前で隠すつもりの無かった俺は、ありのままを伝えていく。先輩にならなら何を知られても構わないと常日頃《つねひごろ》から思っているように。

「悠は異性というより男友達みたいなものですよ。この間のベッド裏のヤツだって、悠と一緒に組み立てたのですし」

　余計な事を言ってしまうのも、先輩の前だからだろう。どうも、先輩の前ではふとした拍子《ひょうし》にボロを出してしまって仕方がない。

『やってしまった』

　そう気づいた時にはもうすでに、先輩は揶揄う準備ができているのがほとんどだ。今回も、例外なく。

「ベッド裏のって、えっちな本をいっぱい隠してあったアレ？」

「そう、です……」

「どうしたの～？　声小さいよ～？　もしかしてえっちな本の事まだ気にしてるの～？」

「そ、そりゃまぁ……」

　きっと、俺が余計な事を言わなければ忘れ去られていたであろうベッド裏のエロ本。そしてそれを隠す為の工作。それらの何かが先輩に火をつけたのだろう。

　探るような口調から徐々《じょじょ》にいつもの調子へと戻《もど》っていくイタズラ顔の恋人。

　さっきまで忘れていたのであろう。初めこそおっとりとした表情で、確かめるような口調だった。けれど、俺が狼狽《うろた》えるのを見ると一変。

「言ったでしょ～？　別に気にしてないって～。えっちなキミも私は好きなんだから」

「別に俺はえっちなわけじゃ……」

「じゃあ、したくないの？　私とえっちなこと。昨日以上のこと、したくないの？」

「したくない……と言ったら、嘘《うそ》になりますけども……っ！」

「したいんだ～？」

あっという間に自分のペースに持ち込んでいく紅葉先輩に、あっけなく陥落《かんらく》されていく。

好きと言われたら……えっちな事をしたくないのかと言われたら、その気になってしまう。けれど、その時が来るまで、キスのその先を……本懐《ほんかい》を迎《むか》えないと決めたのを忘れたわけではない。

そう、忘れているわけではない。でも、でもだ――。

「……したいですよ、そりゃ」

「じゃあ、酔い覚ましにえっちな事、しちゃう？」

「…………へっ!!?」

愛する恋人に『えっちな事、しちゃう？』なんて言われてしまえば、その気にならない方がおかしい。

自然とその言葉を発している箇所《かしょ》に熱い視線を送ってしまう。

当然、先輩にはバレている。バレバレだ。でも、だからってどうしようもない。

先輩を好きな気持ちを、どう誤魔化《ごまか》せというのだろうか。俺が何をしようにも、見透《みす》かしたような瞳《ひとみ》を向けてくる先輩に、どんな誤魔化しなら通用するというのだろうか。

知っていたら、是非《ぜひ》とも教えて欲しいものだ。

「ふふ、唇《くちびる》じーっと見ちゃって可愛《かわい》いね」

「また揶揄いですか……」

「揶揄いじゃなくて、本気だったらどうする？」

「その手にはもう――」

揶揄われてばかりではいられない。そう思って、揶揄いを振り切ろうとした矢先の事。

先輩に残されたエロ本の一冊が目の前に広がる。

「……先輩？」

「好きなページ、選んでよ。それを私がしてあげる」

今、紅葉先輩が何をしているのか、よく分からなかった。

お仕置きではなく、なんでまたご褒美《ほうび》のような事をするのか、俺にはまったく理解できなかった。いや、お仕置きよりはご褒美の方がもちろん嬉しいのだけれど。

「私の知らぬ間に、女の子を部屋にあげちゃう孝志《たかし》くんには、私がいるって事を覚えて貰わないとだからね」

なぜ、嫉妬《しっと》を怒《いか》りではなく揶揄いに向けるのか……。

同居しているというのに、俺はまだ先輩の事を全然知らない……。

「じゃあ、このページで」

いや、むしろまだ知らない方がいいのかもしれない。

だってそうだろう？　まだまだ、先輩を知ることができるってことなんだから。先輩をもっともっと好きになれるってことなんだから。

広がる恋心《こいごころ》。自分の知っている恋心がまだまだ未熟なことに喜びを覚えながら、先輩の指示通りに、捲《めく》られていくエロ本に指を差し込んでページを指さしていくのだった。

ここは風呂場。ピチャリピチャリと水滴《すいてき》が床《ゆか》のタイルに落ちる音が時折響き渡《わた》る空間。

声を出せばそれは反響《はんきょう》し、どこか異界にでもいるかのよう。

そんな場所で俺はバスタオル姿の紅葉先輩と二人っきり。

「それじゃあ、じっとしててね～？　遅《おそ》かれ早《はや》かれ見せちゃう事にはなるだろうけど、私にも心の準備があるから」

「分かってますよ……」

「おっぱい見せるのはお預け、ね？」

「わざわざ言わなくてもいいと思うんですけど⁉」

仄《ほの》かに湿気《しけ》ったバスタオルを身に纏《まと》って背後に回る恋人の姿を、目の前の鏡が余す事なく映し出す。ばっちり曇《くも》り防止コーティングされている為、目を逸《そ》らさぬ限りは先輩のあられも無い姿が後ろを向かずとも目に入る。

もちろん、その手前には緊張《きんちょう》してガチガチの自分が映り込んでいるのだが……。

「ごめんごめん、恥《は》ずかしがって耳まで真っ赤な孝志くんが可愛くてつい」

肩口《かたぐち》に顔を覗《のぞ》かせ、緊張で赤く染まった耳元で『可愛い』と呟《つぶや》く紅葉先輩。それに釣られて、ビクッと肩を震《ふる》わせ先輩を喜ばせてしまう。

……どうしてこうなった。

時は戻って、リビング。

先輩が顔の前にエロ本を広げていく。もちろん、それは先輩が俺に所持を許した『先輩を意識できるもの』だけ。

自己顕示欲《けんじよく》が強いのか、はたまたただの不安からくるものなのか、俺にはわからないけれども、少なくとも俺が悠を部屋に入れてた事で先輩を不安にさせた事実は変わらない。

先輩の欲を受け入れるしかないのだ。

ただ、それでも僅《わず》かながらの抵抗感《ていこう》は残っている。

「えっと、俺が選んじゃダメなんですか？」

「だって、孝志くんが選ぶと控《ひか》えめなのにしそうだし」

「うっ……！」

どうやら、先輩にはお見通しのようだが。

いくら、先輩へのお詫びといえど『なんでも出来る』という訳では無い。控えめにしなければ、抑えが利かない。仮にうまく抑えが利いたとしても、先輩が掻き乱さないとも言えない。

少なくとも今、この瞬間《しゅんかん》ですらドキドキしているのだから。

「控えめじゃ、私がキミの恋人だって教《おし》え込めないじゃない」

「じゃあ先輩が選べばいいと思うんですけど」

「それじゃあ、私がシたいみたいでちょっと恥ずかしいじゃない」

「先輩の恥ずかしいポイント、よくわかりませんよ……」

「とにかく、孝志くんは私が恋人だって事を再認識《さいにんしき》しなきゃなの！　分かった⁉」

「は、はい……っ‼」

目の前には過激な格好をした美人。本から少し視線をずらせばさらに美人の恋人が少し顔を膨《ふく》らませている。

そんな状況《じょうきょう》の中で俺はパラパラと捲られるエロ本の中から先輩にシて貰うことを選ばなければならない。

よりによって、先輩を想《おも》って一人でコソコソやっていた本で、だ。

これが恥ずかしくなくてなんだというのだろうか。

先輩には俺が先輩を想いながらコソコソしていた事は、前のエロ本仕分けで大体バレてしまっている。

つまりは先輩には俺の趣味嗜好《しゅみしこう》はお見通しと言うわけだ。

「じゃあ……ここでストップで……」

運がいいのか悪いのか、『一緒にお風呂《ふろ》』のページを引き当ててしまい、現在に至る。

「それじゃあ、背中洗うわね。痒《かゆ》かったり痛かったりしたら遠慮なく言ってね～？」

「は、はい……」

先輩の優《やさ》しい声が風呂場全体に反響していく。まるで体全体で聴《き》いているかのような先輩の声に安心する反面、今からされる事により一層の羞恥《しゅうち》を覚えてしまう。

後ろを向けば、ボディーソープをたっぷり付けたスポンジを持ったバスタオル一枚巻いただけの紅葉先輩。風呂場の湿気《しっけ》でピタッと体に張り付いたバスタオルが扇状的《せんじょう》で、まともに見る事すら出来ない。

「やっぱり緊張してる？」

「そりゃもちろん、緊張しますって……」

「キスしないでお風呂場に連れ込んじゃったのはまだ早かったかなぁ」

「キスされたらそれこそ、緊張どころじゃない気が」

「いっぱいムラムラしちゃう？」

「……まぁ、はい」

「孝志くんのえっち」

「〜〜〜っっっっ！」

口の渇《かわ》きを感じると同時に耳元に先輩の吐息《といき》が吹きかかり、声にならない叫《さけ》びと共に体の熱が跳《は》ね上がる。先輩の何気無い一言一言が、体の熱を引き上げてキリがない。

今日はまだお酒を飲んでいないのに、どこか頭がふわふわしていて現実味がない。風呂場にいるせいなのだろうか……。

「ふふふ、耳、また赤くなった。可愛いね、孝志くん」

「そ、そういうのはいいんで、早く背中洗ってくださいっ！」

「はいはい。孝志くんは恥ずかしがり屋《や》さんだもんね～」

酔った時と近い感覚に襲《おそ》われている俺とは違い、いつも通りの先輩。

そう、いつも通りの揶揄《からか》いたがりの少し意地悪な恋人。

それでいて、少し過激。合わせて増してしまう好きな想い。

「そんなキミのもっと恥ずかしがる姿、見たいからちょっと変わった方法で背中洗ってあげるよ」

耳元には先輩の声。背中にはスポンジとはまた違う、柔らかな感触《かんしょく》。それが何かは、俺にはすぐに分かってしまった。

わからないわけがなかった。ずっと、腕《うで》や肩で感じてきた柔らかさなのだから。

「どう？　背中、気持ちいい？」

背中に感じる柔らかな温《ぬく》もり。それはいつものボディースポンジとはまた違う柔らかさ。

そして一人で体を洗っている時には絶対に感じる事のない温もり。

「は、はい……気持ち、いいです……」

「そぅ。それならよかったわ」

頭の中は依然としてふわふわ。思考はままならず、先輩からの問いかけにごまかす事もなく素直《すなお》に答えてしまう。

そんな俺に先輩は安堵《あんど》の声を漏《も》らす。

ピチャリピチャリと蛇口《じゃぐち》から水滴が滴《したた》る音と混じって、先輩の声、吐息、動きの一つ一つが色っぽく感じてしまう。

理性で心を律して気を保たなければならないはずなのに、体がそれとは真逆に熱くなっていく。

「せ、先輩……流石にこれはやり過ぎでは……？　お仕置きの域を超《こ》えてるというか……」

「あら、今更《いまさら》？　一緒にお風呂に入ってる時点でもうこれはお仕置きじゃないわよ」

「お仕置きじゃない……？　じゃあ、これは一体……」

「そりゃあ、決まってるじゃない。……私がキミと密着したいから、よ」

「……ッツッツッ！」

少し溜《た》められた後に放たれた紅葉先輩の言葉に俺はまた言葉にならない驚《おどろ》き声を出してしまった。

そうだ。よく考えてみればお仕置きにしてはペナルティがない。

この間みたいにトイレに行くのを禁止するわけでも、揶揄いが酷《ひど》いというわけでもない。

ただ、いつも以上にスキンシップがあるだけ。距離《きょり》が近いだけ。

先輩が珍《めずら》しく素直なのが一番の証拠《しょうこ》じゃないか。

この時間がお仕置きなわけがない。そう勘《かん》づいた時にはもう遅く、背中に感じる柔らかさが広がっていた。

「あははは、ビク〜ッッってした〜」

「そ、そりゃしますよっっ!!　今はその……何も着てないんですから!!」

「ちゃんとバスタオル巻いてるわよ〜？」

「ただ隠《かく》してるだけじゃないですか！　バスタオル一枚で柔らかさを軽減できるとは……」

「孝志くんは柔らかいの、嫌い？」

「……好きですけど」

柔らかいのが好きなのではない。先輩の柔らかさだから好きなのだ。

先輩の吐息を耳元で感じながら、俺は自分に問いただした。

バスタオル一枚。されどたった一枚。バスタオルごときの薄《うす》さで先輩の柔らかさは収まる事を知らない。

「好きならいいじゃない。いっそ、外してみちゃう？」

「ダメです!!　好きとは言いましたけど、節度は弁《わきま》えないと……っ！　俺たちはまだ学生なんですから!!」

「まぁ、それは確かに」

俺の気持ちを知らずに隙《すき》あらばバスタオルを外してみようとするのだから、本当に勘弁してほしい。隙あらばというより、『好き』あらばである。

好きとは言っても、していいとは言っていないのだ。先輩の柔らかさを直に感じてしまえば間違《まちが》いなく今までの関係性ではいられない。

そういった事態を避《さ》ける為《ため》にもエロ本で我慢していたのだが、そのエロ本を隠す為に唯《ゆい》一《いつ》の友人である悠を部屋に招いては、現在の状況を作ってしまっているのだから、もうどうしたものか。

焼肉の件で先輩の嫉妬《しっと》深《ぶか》さはなんとなく分かってはいたが、その嫉妬をこうして柔らかさとして実感するのはなんとも紅葉先輩との付き合い方らしい。

「でも、イチャイチャはしたい！」

「でもじゃないです！　このままだとイチャイチャどころじゃなくなりますって!!」

「その時はその時じゃない？」

「その時が来ないようにするんですよ!?」

今、この瞬間の衝動《しょうどう》を優先する先輩をどうにかして止めようとするのも、俺たちらしい。

もっとも、言葉だけで止めても先輩が止まることなんて事は無く、今もなお柔らかな幸せが背中に襲いかかっている。

耳に艶《あで》やかな吐息を感じながら、襲ってくる柔みが俺の思考を鈍《にぶ》らせる。

もうこのまま襲われてもいいのかも知れないとすら感覚を狂《くる》わせる。

先輩の動作、一つ一つが俺には致命的《ちめいてき》すぎるのだ。

それは決して、今この状況が風呂場だからというだけではない。

どうしようもなく、俺が先輩を好きだからだ。好きになってしまって、恋《こい》してしまって、独占したいとすら思ってしまうようになっているからだ。

どれくらい他の人が先輩のだらしなくて魅力的《みりょくてき》な一面を知っているのだろうか。

どれくらい他の人が普段の先輩と今の先輩のギャップを想像できるだろうか。

どれくらい他の人が先輩のデレデレ具合をマトモに受け止められるのだろうか。

色々考え、思考し、熟考した果てに、やっぱり先輩の事は俺だけが分かってればいいという結論に辿《たど》り着く。

結局はそういうことだ。

「分かったわ。我慢する。ワガママしすぎてキミに嫌われたら元も子もないものね」

「別に嫌いはしませんけど……まぁ自重してくれると、色々と助かります」

「うん。気をつけるわね」

そう、俺が嫌うことはない。先輩と俺が離れるのは先輩が俺に飽《あ》きた時。揶揄い甲斐《がい》がなくなった時。

先輩の揶揄いの刺激《しげき》を残しつつも、揶揄われにくい生活もしていきたい。

複雑な想いを持ちながら、ゆっくりと背中から離れていく柔らかさを寂しく感じる。

一緒に離れていく吐息にはドキドキとしながらも、ようやく落ち着ける、そう思うには時期尚早《じきしょうそう》だった。

「でも、ゴメンね。最後にコレだけさせて……？」

「――――え？」

背中から柔らかさが完全に離れていく寸前、突如《とつじょ》として首筋にくすぐったさを覚える。

それは生温かく、どこか耳に感じていたものと同じ温かみ。

次第にその温かみが近づいてきたかと思えば、両肩《りょうかた》にはいつもの見慣れた先輩の綺麗《きれい》で細長い指。繊細《せんさい》で、少し力を加えただけで折れてしまいそうなか弱そうな指。

ファーストキスまで、散々俺と先輩との唇の間に挟《はさ》まってきた少しばかり憎《にく》い指。

その指の主人がどこかと気配を探ってみれば、依然《いぜん》として背中。体に巻いたバスタオルを整えて、どこか顔が赤いのが前の鏡からチラリと覗かせている様子で分かる。

最後。彼女がそう言った直後に異変が起きる。

「ありがとうね。こんな私を好きでいてくれて」

そう言いながら、俺の首筋に軽く、それでいて熱い口付けをしてきたのだから。

今まで先輩としてきた深いキスと比べればなんて事ない軽いキス。そのはずなのに、今までのキスとはどこか違《ちが》うようにも感じて、しばらく風呂場から動くことは出来なかった。

◇閑話◇

「……何しちゃってるのよ、私ってば」

風呂場に彼氏《かれし》を置いてけぼりにしたまま、私は一人で悶々《もんもん》としていた。勢いに任せて、やらかしてしまったことを強く、強く悶《もだ》え苦しんでいた。

理由はもちろん、風呂場でのこと。

「軽くエッチなことをして、恥ずかしがる孝志くんを見たかっただけなのに、どうしてこんなことになっちゃったのぉ？」

当初の予定では、軽くエッチなことをして赤面する恋人を見て満足するつもりだった。

例えばミニスカートをぴらりと捲《めく》って、いつもより大人びたショーツを見せつけるとか。

例えば、脱《ぬ》ぎかけの姿を写真撮影《さつえい》してもらうとか。もちろん、孝志くんには思いっきり赤面してもらいたい。

そんな、目論見《もくろみ》は彼《かれ》がお風呂のページを引き当てたことでダメになってしまった。自分に有利な状況で、恋人を揶揄って好きを高めることは叶《かな》わなくなってしまった。

「あぁいうのは、もう少し後にしようと思ってたのになぁ……」

別に、孝志くんとお風呂でイチャイチャするのが嫌なわけではない。むしろ、いつかしたいと思って、夢見ていた。そのシチュエーションが、許したエッチな本の中に入ってるなんて思いもしなかっただけ。

そして、夢見て一人悶々としていた場面が、今日に回ってきただけのこと。ただただ、先取りしたようなものだ。きっと、遅かれ早かれ彼とお風呂に入っていた。

せめてもの願望をいうのなら、孝志くんに両親を紹介《しょうかい》した後にしたかったけれど。

「孝志くんの背中、思ってたより大きくて硬《かた》かったなぁ……」

両手で柔らかな肌《はだ》をなぞる。思《おも》い浮《う》かべるのは、愛《いと》しい人の温もりと男らしさ。

いつも揶揄いがいがある可愛い恋人なのに、いざ何も構えずに布一枚で向き合ってみれば、一人の男だということを目の当たりにする。

がっしりとした骨格。丸みなんてものはなく、ところどころゴツゴツしている。それだというのに、表情はかわいらしい。ギャップでどうにかなってしまいそうだ。

……いや、どうにかなってしまったから最後、あんなことをしてしまったんだった。

「孝志くんは気づかないだろうなぁ……。いや、気づかなくてもいいんだけどね？」

首筋へのキス。きっと、鈍感《どんかん》な彼は気づかないのだろう。

キスをしたことには流石に気づいているのだろうけれど、その意味は知らない。知っていたら、彼を揶揄うことなんて出来なくなってしまう。

今更。本当に、今更のことなんだろうけれど、やっぱり形として気持ちを伝えるのはまだ、慣れない。

だから、お願い。気づかないで？　私が本気でキミに執着《しゅうちゃく》してるなんて、知られたらきっと恥ずかしくてもっと酷い女になっちゃうだろうから……。

一人、自分の執着心に醜《みにく》さを覚えながらも、風呂場でした行為《こうい》には一切《いっさい》の後悔《こうかい》はなく、むしろ気づいてほしいとまで密《ひそ》かに思いながら、恋人がリビングに戻ってくるのを待ち構える私なのだった。

第六章　先輩が望むならいくらでも

　時は先輩とお風呂事情があってからしばらく経《た》ったある日の昼休み。

　首筋にはあの時の熱がほんのりと残り、先輩を見る度《たび》に今まで以上に気持ちが落ち着かない。先輩も先輩で、あまり執拗《しつよう》に揶揄ってこなくなった。

　その代わりに変わった事が一つ。

「はい、悠《ゆう》ちゃんアーン！」

「あ、あーん……？」

「どう、期間限定マロンパフェ。美味《おい》しい？」

「ま、まぁ……美味しいですけど……紅葉《くれは》さんはいいんですか？　わざわざ下界食堂にまで降りてきたのに、隣《となり》の恋人が物凄《ものすご》く嫉妬深そうな目をしてますけど」

「大丈夫、あーいう孝志《たかし》くんも私は好きだから」

「あ、そうですか。先輩がいいなら別に気にしなくていいですね」

「いい訳ないだろ!?　少しは俺の方にもフォロー入れろよ!!　その特大マロンパフェの代

金払《はら》ったの俺だぞ!!?」

なぜか、恋人である紅葉先輩と親友である悠が俺の眼の前でイチャイチャしているのだ。

しかも、二人ともこの状況に疑問を持ってすらいないのだから不思議で堪《たま》らない。

財布《さいふ》の中身はすっからかんで、代わりにパフェの代金三千円が書かれたレシート。せっかく、先輩が俺や悠のいるエリアに降りてきてくれたというのに、普段からそこまで大金を持ち歩かない自分を情けなく思ってしまう……。

そもそも、俺らの通う白雲大学は大きく分けて三つのエリアが存在する。サークル棟《とう》が乱立する文化エリア。そして、大学内にある大きな坂を境目として、文系学部が主に活動する上界エリア、理系学部が主に活動する下界エリア。

大学側の正式な名前は別にあるみたいだけれど、少なくとも学生間ではさっきのような呼び名が通例になっている。

そんな文理でキャンパス内で過ごすエリアが違う以上、文系の紅葉先輩が下界にいること自体がとても珍しいのだ。

「だから、紅葉さんに聞いてみたじゃない。『隣の恋人は大丈夫ですか?』って」

「でもすぐに、先輩の言葉で諦《あきら》めたじゃん！　先輩も、先輩でどうして悠と二人でお昼にしてるんですか!?　先輩に呼び出されて少し期待してたのに……っ!!」

「まぁまぁ、いいじゃない。今日はちょっと悠ちゃんとお話ししたくて呼び出したのよ」

求めていた展開との違いに戸惑《とまど》いを覚える俺とは真逆に、あっけらかんとした様子の親友と恋人《こいびと》。

まるで他人事のような悠と、俺が怒《おこ》っている様子を見て少し口元を緩《ゆる》ませる紅葉先輩。

一人だけでも厄介《やっかい》なのに二人合わせれば、当然のように厄介だった。

「悠と二人で話がしたいのなら、俺呼ぶ意味はなくないですか？」

今の状況から逃《に》げるべく、少しぶっきらぼうに振《ふ》る舞《ま》ってその場から離《はな》れようと試みる。

「どうせなら孝志くんにお昼奢《おご》ってもらわないか、って悠ちゃんがね」

「初めっから集《たか》る気だったろ、お前」

「だって、今月はちょっとピンチで。孝志ならなんだかんだで奢ってくれるかなぁって」

イタズラにニコリと笑う恋人と、悪気なく猫撫《ねこな》で声を出す親友の合わせ技に俺はあっけなく陥落。

息の合ってしまった二人に敵《かな》うわけも、逃げられるわけもない。そう感じ取ってしまった俺は、立ちあがろうとしていた気持ちを鎮《しず》める事にした。

「というか、俺なしでも連絡《れんらく》取り合うくらい二人って仲良くなるきっかけってあったっけ？」

気を鎮めるついでに、二人の息が合った引き金は何だったのかを聞くことにしたが、これが良く無かった。

「ん？　バーで会った時に交換《こうかん》したもの。そりゃ仲良くなるわよ」

「お前、気づいてなかったのかよ」

「あの時は酔《よ》いがひどくて……」

「情けないな。どう思います、こんな恋人」

「私はとても可愛いと思うわ。むしろ、ドロドロに酔わせて食べちゃおうかなって思ってたくらい」

「流石《さすが》ですね。あの後、マスターに聞いたらハイペースでそこそこ強いカクテル飲むのに全然悪酔《わるよ》いしてるところ見ないって話題になってましたもの」

「いや、思考が悪酔いよりタチ悪いんだが」

親友は酒に弱い俺を小馬鹿にして、先輩は先輩でいつものように揶揄う。しかも、先輩に至っては揶揄いを超えて『食べちゃう』宣言。

この間の風呂場の件と相まって、先輩の宣言にリアリティを覚えて鳥肌《とりはだ》が止まらない。

けれど、その鳥肌は決して嫌《いや》なものではなく、むしろ現実にして欲《ほ》しい欲望からくる『武者震《むしゃぶる》い』に近いものかもしれない。だって、先輩の言葉で急激に心臓が高鳴って仕方ないのだから。

　そんな俺の様子は先輩には当然のように伝わっている。

「……肉食な私は嫌《きら》い？」

「……嫌いではないですけど」

「好きって、言って」

「愛してる、って言ってもいいですか？」

「いっぱいキスしてくれたら許してあげる」

　裾《すそ》をクイっと引っ張られて先輩の方を見てみれば、恍惚《こうこつ》な表情で俺を見つめる恋人がそこにはいた。

　口から出てくるのは、ただ単純な言葉。好きだからこそ出てくる、シンプルな言葉。

　キスを求める真紅《しんく》の女神《めがみ》。キスだけでいいのだろうか。

　あの時、首筋にキスをしてくれたように、熱っぽい吐息も見せる紅葉先輩。

　じわじわと迫《せま》り来る甘《あま》い雰囲気《ふんいき》――――。

「あの～、流石に私の眼の前でイチャつかれるとせっかくのパフェが甘くなり過ぎるんで勘弁《かんべん》してください」

「あっ、ごめん……」

「うふふ、怒られちゃったわね」

悠の目の前で繰《く》り広げてなかったら、どれくらい長く続いたのだろうか……。

そんなことを思いながら、空になった財布を左ポケットにしまって下界食堂を後にするのだった。


歩く。歩く。ただ何かから逃げるようにして歩く。もちろん、その何かからは逃《のが》れられるわけないけれど。

「で、結局先輩《せんぱい》は何がしたかったんですか？ 絶対、何かありますよね？」

悠の冷ややかな目線から目を逸《そ》らしながら、俺《おれ》は紅葉先輩に事情説明を求めた。

色々と言葉足らずの先輩ではあるけれど、行動の裏には何かしらのそうした原理がある。

例えば揶揄いたいからとか、イチャラブしたいからとか、お仕置きがしたいからとか
……。

今回もきっとそれらには当てはまらない何かしらの思惑《おもわく》があるのだろう。

ニヤニヤとしながらも、どこか申し訳なさそうな先輩の様子にそう考えずにはいられなかった。

「ん〜、そうね。この間はちょっとやり過ぎたなぁって反省したのよね」

「この間？」

「お風呂の事よ」

「……っ！」

せめて、口に出す内容くらいは考えて欲しいものだけれども。

「お風呂ってアンタもしかして、そこまで進んでるの？」

案の定、隣を歩く親友から険しい声が飛んでくる。横目で見てみれば、より一層冷たい視線。

だから、逃げたかったのに……。

「ち、違うからな⁉　ちょっとお酒に酔った先輩に襲われて、止《や》むに止まれなかっただけだからな‼?」

「って事は、一緒《いっしょ》に風呂に入った事は認めるんだな、この変態め」

「理不尽《りふじん》すぎだろ」

慌《あわ》てて悠に事情を訂正《ていせい》するも、余計に悪化してしまった。

どうしてだろうか……。俺はただ、事実を伝えただけなのに……。

「あはは、変態さんだって～」

「誰《だれ》のせいだと思ってるんですか、誰のせいだと」

俺が悠に『変態』と言われる原因になった恋人はヘラヘラと笑っている。頬《ほお》を赤らめながらもそこに申し訳なさがあるのだから、怒る気になれない。

むしろ怒るべきは俺ではなく、紅葉先輩。

「私の知らない間に悠ちゃんを部屋に上がり込《こ》ませていたキミ自身のせいだよ」

「あー、それはお前が悪いな。エロ本の為とは言え、な」

悠に友達以上の感情を抱《いだ》いていないとは言え、デリカシーに欠けた俺が悪いのだから。いくらエロ本を隠す為とは言え、他にもやりようがあったと反省している。

問題の先輩は怒るどころか、エロ本を持つ事を許してくれているのだから驚きである。もちろん、全てのエロ本が許された訳ではないけれど、それでも先輩と健全な同居生活を送る中では大事なものだ。

まぁ、悠を部屋に上がり込ませてしまった事に関しては『はいそうですか』で済む事はなかったけれど……。

「ちなみにそのエロ本にあったお風呂のシーンを再現してあげたわ」

「その様子だと、満足する反応をコイツがしたって事ですかね?」

「とっても可愛かったわよ～」

「可愛いってさ。よかったな」

この通りである。

「可愛いと言われて俺が喜ぶと思ったのか？　先輩も、余計な事言わないで下さい！　悠が調子乗るんで!!」

「え～、事実なのに～」

「それは先輩の幻覚《げんかく》です！　俺は男ですからね!!」

「男の子でも可愛くていいと思うんだけど」

「そんな真顔で言われても……。俺、別に可愛くなろうなんて思ってませんし……」

「実は？」

「本心から男らしくなりたいんですよ。悠も、変な事考えてるの顔でわかるからな？」

「チッ」

二人がかりでの怒涛《どとう》の攻《せ》め。片や女友達を部屋に上がらせた俺への意地悪。片や親友が恋人に揶揄われているのを便乗。

そんな二人を前に、攻められっぱなしと言うのもアレな為必死に食い下がっていると、悠は不機嫌《ふきげん》に舌打ちをする。先輩も先輩でニヤニヤと楽しそうだ。

俺は俺で、楽しそうに笑う先輩を見て少し気持ちに素直になる。

「むしろ、先輩の方こそ、自分が可愛いって自覚してくださいよ。急にこの間みたいな事をされたら、心臓がもたないです」

「この間って、いつの事？　孝志くんを誘惑《ゆうわく》しすぎていつの事を言っているのか、よくわからないわ」

「……お風呂の時ですよ」

「お風呂……？」

脳裏《のうり》に浮かぶのはあの日の光景。風呂場《ふろば》で背中越《ご》しに柔《やわ》らかい〝何か〟を押《お》し付けられた日の鏡越しの光景。

「背中近くの首筋へのキス、あれをされた時はしばらく動けなかったですもの」

首筋への温かい吐息を吹《ふ》き付けられた後の、ぷにゅっとした柔らかさを感じたあの瞬間の先輩の蕩《とろ》けた表情。

いつまで経っても忘れられることは出来ない。忘れられるはずがない。先輩の可愛い部分を忘れられるほど、薄い恋ではないのだから。

紅葉先輩は何も言わない。

いや、言葉らしい言葉を口にせず、ただ『あう……あうぅ……』と顔全体を赤らめて照れている。そんな先輩を目に、悠はニヤニヤしながら追い詰《つ》めていく。

「……へぇ、先輩そんな事したんですねぇ～？」

『背中へのキス』。そして『首筋へのキス』。それらがどんな意味を持つのかを悠は知っているのか、乙女《おとめ》な一面を見せた紅葉先輩を追い詰めるのは簡単な事のようだ。

俺にはそれらにどんな意味があるのか、わからないけれども。

そんなこんなで、大学の門の前についた俺と先輩は、駅の方へと向かう悠を見送った後、二人の部屋に戻《もど》るのだった。

「まったく……まさか、孝志くんに一本取られる日が来るなんてね……」

「俺は一切、そのつもりはなかったんですけど……。どちらかと言うと、先輩に自分が可愛《かわい》いと言う事を自覚して欲しかっただけですし」

「それが一本取ろうとしてるって事、キミは分かってるの～?」

「……?」

「あー、うん。分かってなさそうね。分かってたわ、キミのそういうところも私は好きなんだし」

「あ、ありがとうございます……?」

「はい、どういたしまして」

悠とのお昼を迎《むか》えた日の夜。財布をすっからかんにされたままの俺は、先輩によく分からない文句を言われていた。

可愛い先輩に可愛いと言っただけなのに、先輩は一体何が不満なのだろうか。不満を持ちたいのは俺の方だ。

揶揄うのはまだしも、その揶揄っている時の先輩の表情、仕草が俺の気持ちを大きく動かしてるのを自覚して欲しい。

ニヤリと笑う先輩に、少し頬を赤らめる紅葉先輩に、ほんの少しだけ恥ずかしそうにする恋人に、俺の心臓はドキドキしっぱなしになるのだから。今もそれは変わらない。

「で、今は何の時間でしょうか?」

「え、孝志くんに思いっきり甘える時間だけど」

「にしても、もう少し甘え方《かた》があるでしょうに。なんで、俺の膝《ひざ》の上で甘えるんですか」

どうして先輩は定位置のソファーではなく、俺の膝の上に座《すわ》っているのだろう。

どうして大学から戻ってきて早々、晩御飯《ばんごはん》の用意ではなく甘える時間になるのだろう。

どうして俺はそんな先輩の誘《さそ》いを断れなかったのだろう。

疑問だらけだ。

当の本人は確固たる自信を持って、顔をコチラに向けながら宣言してくる。

「だって、この前甘えた時は背中でだったもの。今度は正面で甘えたくなるじゃない?」

「あ、はい」

紅葉先輩の言いたいことは分かる。俺だって、背中越しじゃなくて正面から甘えて貰《もら》いたいのだ。それこそ、揶揄い無しの本音で。いや、本音の紅葉先輩からの甘えだといつも以上に目を逸らしそうだからまだ早いかもしれない。

そんな俺に今の状況は、よろしくない……。

「だからって何で背中を向けて座るんですか。これだと、色々アレじゃないですか」

「お尻《しり》が当たって意識しちゃう？」

「……分かってるのなら一度離《はな》れて下さいよ」

「離れちゃっていいの？」

「どういう意味ですか？」

「う～ん。だって、もし仮にキミがお尻に意識しちゃってたとして、その様子を私が確認《かくにん》しちゃったらキミは一体どうなるのかなぁ～？」

「うっ……」

「それでもいいなら、私は離れるわよ？　孝志くんが私のお尻でおっきくなっちゃう変態さんかどうか、分かっちゃうけどね～？」

完全に先輩の手のひらで踊《おど》らされているのだから。

そして、どうにかして意識を向けないようにしていた先輩の体の柔らかさを、先輩がグリグリと押しつける事によって強制的に感じざるを得なくなってしまう。

しかもそれは胸の柔らかさではなく、また別の柔らかさ。

先輩のジーパンと俺のズボン越しにでも分かる二つの丘《おか》。

先輩の柔らかな丘と丘の間にグリグリと挟まれていく一つの感覚。少し顔を下げれば、楽しそうにしながらも顔を少し火照《ほて》らす恋人。感覚がまた鋭《するど》くなってしまう。

その状態を先輩に目視されてしまった日には俺は一体どんな顔で先輩を見ればいいのだろうか。

いや、それ以上に朝、先輩が食事を作っている背中を微笑《ほほえ》ましく眺《なが》めている事は出来るのだろうか。

きっと、できないだろう。先輩に目視された次の瞬間《しゅんかん》に揶揄われ、その様子をいつまでも覚えてまともに先輩の後ろ姿を見れなくなってしまう自分が目に見える。

それならば、先輩に返す言葉は決まっている。

「で、私は退《ど》いたほうがいい？　それともこのまま甘えててもいいの？」

「……でいいです」

「ん～？　聞こえないなぁ～」

「このままでいいですっ!!」

「ふふ、そうこなくっちゃ～」

このまま、先輩に見られないうちに鋭利《えいり》な感覚を鎮めればいいのだから。

まぁ……そもそも先輩に様子を確認されたくないって言う時点で、先輩には既《すで》にバレているも同然なのだが、この時の俺はそんな事に気づく由もなかった。

「孝志くんに一本取られっぱなしではいられないもの」

先輩の静かな決意にも、気づくことはできなかった。


「それじゃあ、そろそろ乾杯《かんぱい》しましょうか。ちょうど、スーパーでお酒とおつまみ調達してきてよかったね～。これで孝志くんは私に大事なものを見られずに済んだまま、お酒が飲めるんだから～」

「むしろこれを見越《みこ》してスーパーでお酒買いましたね？　おかしいと思ったんですよ、キッチンにはまだ開けてないお酒もあるのに足りないって言うから！」

「その割にはすんなりレジに通してくれたじゃない。本当は期待してたんじゃないの～？」

「……そんなんじゃないですよ」

「本当かなぁ～？」

俺の膝の上から一歩も動きたくない先輩は、あらかじめ買ってきてあった晩酌《ばんしゃく》セットをテーブルの上に置いてイタズラな笑顔《えがお》を背後にいる俺へと向けてくる。

先輩の『大事なものを見られずに済んだね～』と言いたげな表情に尚更《なおさら》、先輩に立ち上がられたくなくなってしまった。さっき以上に先輩の柔らかな双丘《そうきゅう》を鋭敏《えいびん》に感じてしまっているのだから。

それに、先輩とこうやってワチャワチャしながら飲むお酒は好きだ。昼間の悠を見て、少し贅沢《ぜいたく》なものを食べて楽しそうにする先輩を見たいと思ったのは先輩本人には内緒《ないしょ》だけれど、それが『膝の上で俺に擦《す》り寄るように座る先輩』と言う形で叶うとは思いもしなかった。

もちろん、この状況《じょうきょう》が嫌いなわけがない。嫌いなわけでは無いが、それとは別に先輩から良いようにされっぱなしと言うのが、ここのところモヤモヤするのだ。

このまま先輩にイジられっぱなしで、果たして先輩はこの先も揶揄い続けてくれるのだろうか。

ただ恥《は》ずかしがっているだけの俺に、先輩はこの先も嬉《うれ》しそうな笑顔を向けてくれるのだろうか。

先輩に何かしらのアプローチを出来ないままの俺に、先輩はこの先も好意を持ってくれるのだろうか。

などと先輩との今後の付き合いに不安を覚えていると、先輩がお酒の準備を終えた。

ポンポンと膝を叩《たた》いて『もう準備できたよ〜』とアピールしてくる先輩の可愛さに、先ほど抱いていた不安は消え去っていく。

「それじゃあ何から飲みます？　今回もいっぱい買ってますけど」

「とりあえず甘いの！」

「はいはい。そう言うと思いましたよ」

目の前には多種多様な缶《かん》チューハイ。

先輩の好きな缶ジュース・ミスターペッパーを彷彿《ほうふつ》とさせるフルーティーな缶チューハイが多い中で、先輩が特に熱い視線を送っている『贅沢一本いちご味』を手に取って先輩に渡《わた》す。

にひひ〜と言いながら、好みの缶チューハイを受け取るのかと思いきや、先輩の手は缶の方には向かわない。缶を持つ、俺の腕《うで》に手を添《そ》えていく。

「……先輩？」

恋人が何を考えているのか分からなく、不安げな声を出してしまう。

けれど、腕から感じる恋人の様子は不安とはほど遠く、むしろ期待に満ちている。

そしてそれは、先輩の口からも告げられる。

「言ったでしょ、今日もキミに甘えるって。それがどういう事か分からないほど、おバカさんなの？」

「あぁ……そういう事ですか……」

つまりは、思いっきり甘やかしてくれ、と言う事だろう。

俺は軽くため息をつきながら手に持ついちご味の缶チューハイのプルタブを開けた。

先輩へのため息では無い。先輩の事をまだまだ全然わかってなかった自分にため息だ。

まだ同居してそんなに時間が経っていないとは言え、付き合って一年を超《こ》えている。それだと言うのにまだ恋人の考えそうな事が分からない自分にまた嫌悪《けんお》感を覚えてしまう。

けれど今はその時ではなく、先輩の求める『甘い時間』を作り上げる事の方が重要で、俺も先輩と甘く過ごしたい。

そう思いながら、開けたばかりのいちご味の缶チューハイを先輩の顔に近づけていく。

腕を動かす度に擦れる先輩の指に僅《わず》かながらのくすぐったさを覚えながら……。

「これでいいですか？」

「うんうん。それじゃあ、そのまま飲ませて～？」

「はいはい飲ませればいいんですね。……って、このまま飲ませる!?」

「そうだよ～？　私はこうやって孝志くんの腕の中を堪能《たんのう》してるからさ～」

「もはやこれは便利イスでは？」

「いくらで専属になってくれる？」

「本気で買おうとしないでください！」

どうやら、今日の先輩はかなり本気で甘えたいようだ。

いつの間にか腕の中にすっぽりと入って胸元《むなもと》に擦り寄っている紅葉先輩。

しかもかなりお気《き》に召《め》したのか、うるうると瞳《ひとみ》を潤《うる》ませて俺を買い取ろうとしてくる。

まだお酒を飲んでいなくてよかったと本気で思った。正直、お酒を飲んでいる時の俺は気持ちに素直《すなお》な判断をしかねないから。

それこそ、『先輩が望むならいくらでも』と言いかねないのだ。

「それより早くお酒飲ませて～？　ね～ぇ～、は～や～く～」

「わ、わかりましたよ！　こぼさない様に飲んでくださいよ？」

「こぼしたらまた一緒にシャワー浴びてくれる？」

「一緒に浴びません！　一人で浴びてください!!」

「ちぇ～。ならちょっとこぼそうと思ったけどやめておこうかな～」

「せっかくのお酒がもったいないんでやめておいたほうが……」

「それもそうね。一緒にシャワーはまた次の機会にしましょう」

「シャワー、諦めないんですね……」

俺の心情を知る由もなく、先輩はいつもの様に、いやいつも以上に甘えて誘惑してくる。体全体で感じる紅葉先輩の柔らかさ。そんな状態での甘い誘惑に耐《た》え切るには、並大抵《なみたいてい》の我慢《がまん》では抑《おさ》えられないかも知れない。


「ん……んっ……ぷはぁ……っ！　おいしー！」

「そ、それはよかったですね……」

「ん～？　どうしたの～、そんなにモジモジしちゃって～？」

「モジモジなんてしてませんよ⁉」

「照れなくて良いのに～。こうやって、ぎゅーって自分から抱きしめちゃっても良いんだからね～？」

「……しませんって」

自分から先輩を抱き締《し》める事がそう簡単にできるハズがない。ただでさえ腕の中ですっぽりハマっている先輩にタジタジなのにそれを更《さら》に抱き寄せるなんて事をしたら、急所に覚える鋭敏さがより強くなってしまう。

そんな事で悩《なや》んでいる事を先輩は知る由もなく、美味しそうにいちごチューハイを飲んでいく。もちろん、缶本体は俺が持って、先輩はただ欲しいタイミングで腕を口元に引き寄せるだけ。

普通《ふつう》に飲んだ方がストレスなく飲めるだろうに、先輩はそんな事を気にも留めない。むしろ、俺の腕と膝の間にすっぽりとハマっているこの時間が至福であるのが、後ろからでも伝わってくる。

弱々しくも抱きしめないと言う俺に「え～？」とサイドテールを振り回しながら文句を言う紅葉先輩。

時々、ペチペチと当たるサイドテールからいつもの先輩が愛用しているシャンプーの匂《にお》いが鼻に充満《じゅうまん》する。甘くそれでいてセクシーなバラの匂い。そしてついつい思い出してしまう、背中に押し当てられた柔らかい感触《かんしょく》。

思い出してはダメだと分かっているのに、ふとした事で思い出してしまう一緒にシャワーを浴びた時の出来事。

忘れたくても忘れられない、反響《はんきょう》した先輩の声。あの時の風呂《ふろ》の温度。そして、シャンプーの匂い。言わずもがな、背中と首筋への柔らかな感触。

先輩が最後にしたキスにどんな意味があったのか、気になりながらも深くは考えないようにしている。

考えれば考えるほど、背中にキスされた時の衝動《しょうどう》がまた襲《おそ》いかかってきそうだから……。

「それじゃあ、次はおつまみ食べさせてー」

「あ、お酒だけじゃないんですね」

「当たり前でしょ～？　言ったじゃない。今日はとことん甘えるって」

「……言いましたけども」

「じゃ、そういう事で、あ～んして？」

先輩に言われるがまま手に持ったのは、これまた先輩好みの甘いおつまみ。豆菓子《がし》をチョコで甘しょっぱくコーティングした、その名も『チョリッピー』。

おつまみとしてもおやつとしても根強い人気のあるお菓子である。

そんなお菓子、チョリッピーを手のひらに数粒《すうつぶ》注いで、紅葉先輩の口の前に差し出す。

「……これで良いですか？」

「ふふっ、なんだか餌付《えづ》けされてるみたいね」

「そうさせてるのは先輩ですけど……」

「でも、少し楽しいでしょ？」

「うぅ……」

楽しむよりも、その場その場の対応で精一杯《せいいっぱい》。少しでも油断したら、今以上に状況が悪化しかねない。それこそ、この前の風呂場の様に……。

「それじゃあ、おつまみいただきまぁ～す」

先輩の掛《か》け声と共に、手のひらに熱い吐息《といき》が吹きかかる。それは風呂場に背中で感じた時と同じくらいの熱さで、それでいて艶《つや》っぽさも負けていない。むしろ、ぷにゅぷにゅと手のひらに押し当てられる唇《くちびる》の柔らかさが、吐息の艶っぽさを増幅《ぞうふく》させる。

たまらず、俺は先輩に弱気な一面を見せてしまう。

「せ、先輩……くすぐったいです……っ！」

「ん～？　私はただおつまみを食べてるだけだよ～？　嫌なら振り切れば良いじゃな～い」

俺に弱気な事を言われて、先輩が『はいそうですか』と許してくれないのを知っていながらも。

それどころか、先輩に大きな隙《すき》を作ってしまった。

「それに、私だってくすぐったいんだよ～？」

「……俺、先輩に何かしてます？」

「お・し・り」

「……っっっっ!?」

「ふふっ、いい反応」

体を反らせて、俺の胸板《むないた》に背中を押し当てる紅葉先輩。その合間に俺の顔近くに持ってきた口で、甘く囁《ささや》いてくるのだから、反応せざるを得ない。

敏感《びんかん》な耳にふ～っと息を吹き付けてくる恋人。その姿はお酒を口にする前より小悪魔《こあくま》的。

「ね。キミもそろそろお酒飲みたくなってきたんじゃない？　飲みたかったら私の、飲んでもいいんだよ？」

暗に『飲んで』と言っているのが見え見えの表情で俺の顔を見上げてくる。

目がいくのは先輩の飲みかけ缶チューハイ。

今に限っては、お酒にコーティングされた唇ではなく、先輩の口紅にコーティングされたお酒の飲み口にすらドキドキしてしまう。

「……じゃあ、遠慮《えんりょ》なく」

気がつけば俺はドキドキに抗《あらが》えず、残っていた缶チューハイを一気に口の中に流《なが》し込んでいた。

今となっては間接キスに過剰《かじょう》にドキドキする事はなくなった。それ以上にドキドキする事が先輩と同居し始めてから尽《つ》きないのだから、いちいち間接キスに反応してしまっては色々と持たない。

そしてそれは今も――――。

「どうだった？　美味しいでしょ～？」

「甘すぎですね、これ……」

「甘すぎるのは嫌い？」

「嫌いなわけないじゃないですか。むしろ……」

「むしろ？　むしろ、何かな？」

口の中に残るいちご風味のアルコール。それは思っていた以上に甘かった。

けれど、それは嫌な甘さではない。

俺はこの甘さを知っている。心の底から蕩けてしまいそうなその甘さの正体を。

「……好きです、先輩」

「私も好きよ、孝志くん」

――――愛を語らいながら抱きしめ合う俺と先輩。

そして間も無くして、甘さの根源を求めるべく先輩の口へ強引《ごういん》にいちご味のお酒でコーティングされた舌を捻《ね》じ込んでいく。

酔いに任せながらも、先輩とキスをしたい本心を舌先に込めながら……。

「ん……んっ……んぁ……っ！」

口の中で広がる紅葉先輩の甘く震《ふる》える舌先。先輩の喉元《のどもと》の震えが耳に蕩ける声として響《ひび》き、舌先の甘さが増していく。

強く先輩の肩《かた》と腰《こし》を抱き寄せると、先輩の舌先はさらに震えてより一層強く抱き締めたくなる。当然、先輩へのキスへの執着度《しゅうちゃくど》も増していく。

「先輩……好きです、先輩……！」

「知ってるよぉ……私も孝志くんの事好きだものぉ……」

「もっとキスしていいですか？」

一度離した先輩の唇からは俺の唇と繋《つな》がる透明《とうめい》な橋が架《か》かっていた。液状のその橋は直《す》ぐに溶《と》け崩《くず》れ、俺と先輩の間に残骸《ざんがい》がピチャリと落ちる。

その様子に、俺はもう一度その橋を見たいと思い、先輩に再度のキスを求めていた。

潤んだ瞳の先輩ならきっと、もう一度受け入れてくれるだろうと、期待して。

けれど、そう簡単に本日二度目のキスを受け入れてくれるほど甘い先輩ではない。

「ダメ。……って言ったらどうする？」

「言われてもキスします」

「ま、言わないんだけどね。むしろ私からキスするもの」

さっきまでの俺からの一方的なキスをやり返すように、体を反転させて首元に掴《つか》まりながら俺の舌を啄《ついば》むように唇を寄せてきた紅葉先輩。

俺からのキスを受け入れるのではなく、自分からキスをしたかったのだろう。二度目のキス直前、イタズラの表情ではなく風呂場で最後に見た表情をしていたのがその証拠《しょうこ》。

もちろん、先輩からのキスを受け入れない理由は無い。

たとえそのキスが、苦しいものになったとしても。

「ん……せんぱ……っ！」

「ふふっ、たまには名前で呼んでもいいんだよぉ～？」

「紅葉……先輩……っ！」

「もう一声、頑張《がんば》ってみよ？」

そう、先輩の名前だけを呼ぶという、ハードルを飛ぶことになっても、俺は先輩のキスを受け入れ続ける。

その為《ため》なら、今まで恥ずかしくて出来なかった事でもできそうな気がした。

いや、するんだ。今、この瞬間に恥ずかしさを越《こ》える。

「く……」

「く？」

「く、れは……」

先輩とのキスをもっと心地《ここち》よくするよう、色々と考えている俺だけれどもやはり慣れないものは慣れないもので辛《かろ》うじて声は出るものの、詰まり詰まりだ。

当然、この出来で先輩が許してくれるはずはない。

「もう一回」

キスを止めて、名前の催促《さいそく》をしてくる。

俺も俺で、ここまできて引き下がるわけがなく掛け声に続けて、先輩の名前を呼ぶ。

「くれは……」

「もっと」

「くれは」

「ん」

俺が名前をスラスラと言えるようになる度に、先輩の頬が赤くなる。いちご酒の余韻《よいん》も無くなったのにも拘《かか》わらず、唇も赤い。むしろ潤《うるお》いが増して、今にも吸い付きたい。

多分、このまま顔を近づけても先輩はキスをしてくれないだろう。

理由は簡単。俺がまだ先輩の求めている事をしきっていないからだ。

それをいつやるかと聞かれたら即答《そくとう》できる。むしろ、今しかない。

「紅葉ともっとキスしたい」

「よく言えました」

今度は息を合わせるように、ゆっくりと唇を重ねてくれる紅葉先輩。

今日三度目のキスは今までのキスの中で一番甘くて、熱い。

どうやら、ドンピシャだったようだ。

床《ゆか》に転がる空《あ》き缶。手に持つおつまみの袋《ふくろ》は逆さまで、ころりころりと中身のチョリッピーが転がり落ちていく。

それに一切《いっさい》気を留める事なくキスを続け、先輩を強く抱き締める。気づけば、向かい合って抱き合っていて、背中には先輩の手が添えられて、断続的に指で背中をなぞってくる。

自然と気持ちが昂《たかぶ》ってくる。

もっと……もっと先輩と深く繋がっていたい……。

昂る気持ちをキスで解消しようとしていると、またもや中断が入る。

「ねぇ、孝志くん。悠ちゃんの事は、友達としか思ってないの？」

「また悠の話ですか……？　今じゃないとダメですか？」

「今だから聞きたいの」

どうして今このタイミングなのだろう。

疑問が残る中、先輩《せんぱい》の真剣《しんけん》な目の圧力には敵《かな》わない。きっと、『どうして？』と聞いても先輩の圧に俺《おれ》が折れるに違《ちが》いない。

だったら今思っている事を正直に打ち明けることにする。それで先輩が楽になるのなら。

「……友達ですよ、もちろん。困ったらとにかくアイツに聞けば、なんとかなるんです。一年の頃《ころ》からの、親友みたいなもんですよ」

「そう。親友だから、うっかりお部屋に上げちゃったって事ね」

「……そういうことになります」

無意識なのか意識的なのか、イジイジと背中を撫《な》でる先輩の指が擽《くすぐ》ったかった。そのせいもあって、最後の返事に言葉が詰まってしまう。

笑ってしまっては、雰囲気《ふんいき》が台無しになる気がしたから……。

俺がそんな事を思っているとは考えていないのだろう。紅葉先輩はとってもスッキリした表情。

「ありがと。これでスッキリしたわ。心置きなく、キミと夜通しキス出来る」

「えっと……夜通しは勘弁《かんべん》してください。明日も授業あるんで……」

「じゃあ私を屈服《くっぷく》させてみてね～。もちろん、キス以上の事をしてもいいけどね？」

「キス以上の事……？」

先輩のスッキリした表情に合わせて放たれた『夜通しキス』に魅力《みりょく》と恐怖《きょうふ》の両方を感じて、動揺《どうよう》を隠《かく》せない。

そしてキス以上と言われた事にも。

けれど肝心《かんじん》の紅葉先輩は俺の動揺なんて意にも介《かい》さずにとある一点に刺激《しげき》を与《あた》えてきた。

「ココの処理とか、ね？」

「〜〜〜っっっっ!?」

「あはは！　びく——ってした！」

「そりゃしますよ!!」

キスに夢中で意識していなかった、〝敏感な部分〟。先輩の柔らかなお尻を押し上げる、〝固い自分〟。

そんなところの先端《せんたん》を爪先《つまさき》でカリっとやられたら体をビクつかせないわけがなかった。

けれど、先輩はさっきまでの真剣な表情と打って変わって再び色っぽい表情。

ころりころりと変わる先輩にとっくの前に魅了《みりょう》されている俺は
「で、キスの続き、する？」

「もちろん、です……っ！」

たった一言二言で、本日四度目のキスをする。

◇閑話《かんわ》◇

「ん……孝志、くん……っ」

「先輩……先輩、先輩……ッッッ！」

「そんな、ガッツかなくても私は逃《に》げないってば。本当に、孝志くんはかわいいなぁ～」

「好きなものは、好きなんですもの……仕方ないじゃないですか……ッッ！」

「へ、へぇ～」

キューンッ。胸が締め付けられるほどのトキメキが襲ってくる。

あぁ、好きだなぁ。好き。好き、大好き。

揶揄《からか》うのを躊躇《ためら》ってしまうくらいにかっこよくて、でも変わらずに私を求めてくる可愛さもある。溢《あふ》れてしまう。好きが溢れてしまう。

「……先輩？　どうしたんですか、首に手を回して……」

「ん～？　離《はな》れたくないなぁって、思ってね。嫌《いや》だった？　嫌なら、すぐにやめるけど」

「い、いや……じゃないんで、このまま……キス、しましょう？」

「ん、孝志くんがそう言うなら遠慮なく」

「せんぱ――――んんッ⁉」

「な、ま、え」

「く、れは……」

「ふふ、良くできました。じゃあ、ご褒美《ほうび》のキスあげるね」

溢れた想《おも》いが欲望として現れてしまう。

もっと繋がっていたい。もっと熱くなりたい。もっと、孝志くんに名前を呼ばれたい。

もっと、もっともっと……。

「愛してるわ、孝志くん」

私以外の人を考える時間なんて与えないくらいに、もっと……。

第七章　思い馳せるはラブコール／ガールズサイド

「ん……朝か……」

目が覚めると、俺はふかふかのベッドで横になっていた。

寝《ね》る直前、先輩が毎晩やってくれている温風機のお陰《かげ》でベッドはいつもふかふかだ。

睡眠《すいみん》は快適。朝食もいつの間にか用意されている。

酒癖《さけぐせ》の悪さと過剰な揶揄いたがりを差し引いても、先輩はよく出来た恋人《こいびと》。俺には勿体《もったい》ないくらいだ。

そして今日も、ベッドから出てリビングに向かえば温かい朝食と愛《いと》しの先輩が待っている。そうなるはずだった――。

「おはよ、孝志《たかし》くん。よく眠《ねむ》れた？」

「え、ええ……おかげさまで……」

「それはどういう意味でのおかげさま？　お布団《ふとん》？　それとも別のコト？」

「もちろん、先輩が整えてくれたベッドの事ですよ」

「そこはウソでも『紅葉《くれは》のこと考えて身も心もスッキリしたよ』くらい言ってくれないと」

「でも先輩はウソならウソって見抜《みぬ》くじゃないですか」

「そりゃまぁね」

先輩は俺が起きるのを目の前で待ち構えていた。そして俺が目を開けて焦点《しょうてん》をハッキリさせるや否《いな》や、ニコリと笑う。

俺も釣《つ》られてニコリと笑って、ベッドから起き上がらずに先輩と他愛《たあい》もない話をする。

とある一点を見ないようにして。

「起きないの？　今日も大学でしょ？」

「……先輩が起きたら俺も起きます」

「えー、私もキミが起きたら起きようと思ってるのに～！」

何故《なぜ》か一緒《いっしょ》のベッドで寝ている今朝。けれどそれは些細《ささい》な問題でしか無かった。遅《おそ》かれ早《はや》かれ、先輩の隣《となり》で一晩中過ごすことになっていたのだから。

もちろんそれは俺の欲望であり、先輩にはそれを見抜《ぬ》かれているのだろう。だからこそ、こうして先輩は用意した布団から抜け出して俺の眠るベッドの中に滑《すべ》り込《こ》んだのだろう。

それは別に構わない。先輩から甘《あま》えられるのも、先輩に揶揄われるのも俺は好きだ。

「時に孝志くん」

「はい、なんでしょうか」

「もう、呼び捨てで呼んでくれないの？」

「……気が向いたらまた」

「お酒飲んでる時とか？」

「ノーコメントで」

こうやって、前日のお酒の勢いでの出来事を言及《げんきゅう》されるのもすっかり慣れた。

『昨日はあれだけ私とイチャイチャしてくれたのに』や『昨日の孝志くんは可愛《かわい》かったよ～』などと毎朝言われている。

だから、初めの時ほど動揺することは無くなった。

目はそらしてしまうけれど、先輩の可愛さを寝起《ねお》きに直視する勇気がないだけの事。きっと、そのうち先輩の目を見つめながら『おはよう紅葉』と名前を呼べる日が来るだろう。

けれど、その為にはいくつもの障害が待ち構えている。

「さらに追加でいいかな？」

「もちろんいいですよ」

「……どうして、コッチの方は見てくれないの？」

たとえば、そう――――俺の布団に潜《もぐ》る先輩が何故か裸《はだか》になっている、とか。

いや、もしかしたら裸じゃないかもしれない。そう思いたい段階はもうとっくに通り過ぎていた。

まず一つ目に、密着感。普段《ふだん》の抱《だ》きつかれる感覚とは服二枚ほどの誤差を覚える密着感。

そして二つ目に、柔《やわ》らかさ。何度も何度も感じてきた柔らかさとは一線を画す柔らかさ。

最後に、先輩の口調。明らかにからかっているときの、甘く小悪魔な口調。

「ふふっ」

ふかふかの毛布をはだけさせて胸元をチラ見せさせる紅葉先輩。

カーテン越《ご》しに朝の日差しが無防備で柔らかな先輩を照らし、綺麗《きれい》な胸の形を浮《う》き彫《ぼ》りにする。

あぁ、ほらやっぱりだ……。

先輩の手の動きに合わせてついつい見入ってしまった俺は、慌《あわ》てて顔を逸《そ》らす。

「ん～？　気になるなら見ればいいのに～」

「み、み……見れるわけないじゃないですかっ!!　というか、見たらもう色々抑えられなくなると思って耐えてるんですよ!!」

「むしろ私はウェルカムなんだけどな～」

「俺がウェルカムじゃないですっっ!!」

目覚めのいい朝から一転。目覚めの良すぎる朝になってしまった。

先輩から大きく顔を逸らしている俺は、見えていないと主張しながら抵抗《ていこう》する。先輩は先輩で、俺に見てもらうように視線を誘導《ゆうどう》してくる。

けれど、どちらもわかっている。見てしまったこと、見てもらいたいこと。

それでも、お互《たが》いに素直にはならずただただ、ベッドの中で攻防《こうぼう》を繰《く》り広げる。

裸な事をいい事にあちらこちらと柔肌《やわはだ》を俺に擦り付けて誘惑《ゆうわく》をしてくる先輩に、その誘惑に負けじと目を瞑《つぶ》って先輩が飽《あ》きるのを待つ俺。

現在時刻は朝の七時。普段は朝食を食べている時間。それでも先輩は諦《あきら》めず俺も堪《こら》える。

有利なのはもちろん紅葉先輩。耐える一方の俺に対して、先輩は自由自在に攻《せ》めることができるのだから。

それこそズボン越しに隆々《りゅうりゅう》と膨《ふく》れ上がる一点を攻められたら、俺にはどうしようもない。

「ほらほらぁ～、孝志くんも反撃《はんげき》してきなよ～」

「反撃して欲《ほ》しいんでしたら、せめて服着てくださいよ……っ！　そもそもどうして服着てないんですかぁ……！」

「そんなの、キミを困らせてみたいからに決まってるじゃない」

「堂々と言っちゃったよこの人！」

ベッドの中で、依然《いぜん》として裸の恋人に俺は振《ふ》り回されてばかり。

と言うより、手先で腹やら胸を捏《こ》ねくり回されている。女の先輩から男の俺が、だ。

いくら、弄《いじ》られ弄り合うような恋人関係だからと言っても、いいようにされ続けるのは心にクるものがある。

それがたとえ、先輩が喜ぶようなことであっても。

先輩が先輩として俺を揶揄い続けたいように、俺にも俺なりに彼氏《かれし》として、男としての振《ふ》る舞《ま》いをしてみたいのだ。紅葉先輩がどんな反応するかは措《お》いておいて。

その紅葉先輩はと言えば、俺の反応に不服を示すどころか、口元を綻《ほころ》ばして満足感を露《あら》わにする。

「この人、じゃなくて〝紅葉〟って呼んでってば。そしたら服着てあげなくもないよ～？」

そう言葉を付け足して。

「もしかして、その為に布団に入り込んだんですか？」

「もちろん」

「かつてない程《ほど》にハッキリ言いますね……」

恐《おそ》る恐る聞いて返ってきた答えに俺はもう、愕然《がくぜん》とするしかなかった。

顔を逸らしつつも目だけは先輩の表情を捉《とら》える。毛布に包まれている先輩の裸からは意識を逸らしつつも、やっぱり先輩本人からは逃げられない。

そして紅葉先輩自身も俺《おれ》を逃《のが》す気など無い。同居を始めてまだ数週間ほど。先輩の俺への執着度を知るには十分過ぎた。

それでも、先輩の新たな一面を知れるのだからまだまだ先は長い。

「んもぉ～！　〝紅葉〟って呼んでって言ってるじゃない!!　本気で攻めるよ!?　あえて言ってなかったけど、おっきくしてるのバレバレだからね？？」

「ソコに関しては言わないのがマナーですよね!?　あと、名前に関してはもう少し待って下さい!!　今すぐには心の準備が……っっ！」

「じゃあ、いつ？　いつになったら素面《しらふ》で〝紅葉〟って呼んでくれる？」

「一週間……？」

「おっきくしてるの、擦るよ？」

「ごめんなさい、でも心の準備は本気で必要なんです!!」

「むぅ……それならギリギリ許してあげる」

「ほっ……」

例えば、名前呼びに並々ならぬこだわりを見せ始めたり、とか。

昨日の酔《よ》った勢いの名前呼びがお気に召したのか、紅葉先輩は俺の大きくしてしまっている膨らみを生贄《いけにえ》にして、もう一度俺に名前で呼ばせようと企《たくら》む。

幸い、俺の必死な思いは伝わったのか今すぐに名前で呼ぶ事は避《さ》けられたけども、それも時間の問題。

別に先輩を名前で呼ぶのは嫌《きら》いではない。むしろ、昨日先輩を〝紅葉〟と呼んだ時には底知れぬ喜びの沼《ぬま》に浸《つ》かった。

たとえその沼がアルコール性だとしても、先輩のデレる姿に何も感じないバカでは無い。

ただ、やはり日常で言うとなると抵抗感と恥ずかしさが込み上げてくる。少なくとも、練習する期間が欲しい。

「それじゃあ、キッチンで朝ごはん作りながら待ってるわ。孝志くんはゆっくりしてからリビングに来て」

「あ、はい……」

「今日も私のわがまま、ありがとね」

俺がブツブツと考え事をしていると、いつの間にか先輩はベッドから抜け出しており、リビングへの扉《とびら》がキィ……と鳴って開いていく。

チラリと扉の方に視線を向ける。先輩の裸を見てしまわないように、意識を床に向けたままにして。

目の端《はし》には辛うじて、ジーパンやニットセーターを持つ華奢《きやしや》な腕《うで》。

つまりは、そういうことなのだろう。あぁ、気を抜かないで本当に良かった……。

少しだけ安心すると共に、もうこういった過激な朝は勘弁して欲しいと思いながら先輩をベッドの中から見送った。

「わがままなのは……俺だよ……」

煮《に》え切らない自分の不甲斐《ふがい》なさを口に出しながら……。

その後、俺は先輩の怒涛《どとう》の攻めで大きくしてしまった自分を慰《なぐさ》め始める。

先輩に良いようにされながらも、その矛先《ほこさき》は先輩ではなく自分が用意する数枚の紙切れ。

情けないことだと分かっていながらも、それを行動に移す事の出来ない臆病者《おくびようもの》の自分をまた情けなく思う。

よくわかっている。痛いほど自分が臆病者だと分かっている。

それだと言うのに、大きくなった分身は先輩の事を想うほどに熱さを増していき、体の中の水分を中心に蓄《たくわ》えていく。

ふと頭に過《よ》ぎる先輩の裸。布団をはだけた時に見えた柔らかくも綺麗な胸の肌《はだ》。布団に包《くる》まって際立《きわだ》つ先輩の抜群《ばつぐん》のプロポーション。想いを募《つの》らせるほどに昂っていく分身。

俺はそれをもはや止める事なく、想いのままに数枚の紙切れへと放出。

情けない自分とは裏腹に、どこかスッキリした気分になる。

想いを放出してからしばらくした後、俺は先輩の待つリビングへと足を向ける。

先輩の事だ。きっともう既《すで》に美味《おい》しい朝食が出来ているだろう。そう思い、部屋のドアを開けてリビングへと。

そこで待っていたのは、予想通り出来立てホヤホヤの朝食と――――

「あ、スッキリできた孝志くん？」

「だからそれは言わないお約束ですよね!!?」

「んふふ、名前を呼んでくれなかった、腹いせだよ～」

「腹いせって……っっ！」

ピンクのエプロンを身に纏《まと》い、ジーンズ越しでもハッキリと分かるプリッとしたお尻《しり》をコチラに向けて、小悪魔な表情を浮かべる一つ年上の恋人。

あぁ、もう。本当にこの先輩には――――紅葉にはかなわない。

心の中でしかまだ呼び捨てできない自身の心の弱さを恨《うら》みながらも、やっぱり先輩に揶揄われるのは好きだなぁと実感させられる朝の数分だった。

「で、今日は一体どうしたんですか？　いつもよりアプローチが過激でしたけども」

「え～私はいつも通りにしたつもりだけど～」

「誤魔化《ごまか》そうとしても無駄《むだ》ですよ。先輩のニヤニヤでわざとしてた事は分かってるんですから!!」

「やるわね、孝志くん。さっきは私の事見てくれなかったのに」

「そりゃ裸を見るわけにはいかないでしょうよ……」

今朝の一件のことをグチグチ文句を言いながら、俺と先輩は朝食を味わっていた。

冷凍《れいとう》食品とは思わせないクオリティのレーズンナッツトーストに、ほうれん草とタマゴの炒《いた》めもの、そしてジャガイモのポタージュスープ。

先輩と暮らすようになってから、朝食が楽しみで仕方がない。前までの、カロリーバーでの時短朝食とは大違《おおちが》いだ。

もっとも、先輩が来てからと言うもの、おちおちゆっくり寝ていられないと言うのもあるのかも知れないけれど……。

特に、今朝のような事があった日にはいろんな意味で眠気《ねむけ》など吹《ふ》っ飛んでしまう。

先輩がただの美女ならここまで大事にはならなかった。優《やさ》しく起こされて、キュンキュンする朝を送れたかもしれない。

けれど、紅葉先輩はそれだけに止《とど》まらない。セクシーさは言わずもがな、スキンシップが激しいのだ。

起きがけにキスをしたり、起きない俺の耳元でエロ本での一幕を口ずさんだり、今朝のように裸でベッドに入り込んだり……。

きまって先輩は頬《ほお》を赤らめながらニヤニヤするのだ。そんな先輩の仕草一つで、強く抵抗しようとする俺の意志は吹き飛んでしまう。

だからこそ、何度も先輩に朝からやりたい放題されているのだけれども……。

「ま、冗談《じょうだん》はこれくらいにしておいて」

「冗談にしてはキツいですが……」

「今日は悠《ゆう》ちゃんの家でお泊《と》まりしようかなって思って」

「え、悠の家で……？」

一足先に朝食を食べ終えた紅葉先輩は、食器を水に浸けながら俺に今日の予定を告げる。

表情はおっとりしつつも、真剣そのもの。揶揄う為のものではなく、本音だと言う事が伝わってくる。そんな中でも先輩はやっぱり先輩だ。

「うん。ちょっと、悠ちゃんともう少し仲良くなりたいと思って。あ、大丈夫《だいじょうぶ》だよ。孝志くんへのラブコールは忘れないから！」

さりげなく茶化《ちゃか》すのを忘れない。

「さぞ今までもやってたみたいなこと言うのやめてもらえませんか⁉　ラブコールなんてそんなにした事ないですよね!!?」

　ドヤ顔の先輩に事実を突《つ》きつけるも、肝心の彼女《かのじょ》はそれに動じることはしない。それどころか、俺のツッコミを待っていたと言わんばかりにまたニヤリと笑う。

「じゃあしなくていいの？」

「して欲しいですけど……」

　俺の返事が分かっていたかのように。

　先輩からのラブコール。そんなの興味ない方がおかしい。今日だけと言わず、毎日、いや一日三回して欲しいくらい。

　耳元だけで先輩の愛を感じる。それが一体どんな感覚なのか、きっと計り知れない。今まで味わったことのない体験をさせてくれると言うのだから、断る理由が無かった。いや、断るつもりがそもそも無かった。

　きっと、先輩は全て見透《みとお》した上でラブコールを提案しているのだろう。気が抜けない。

「決まりね。寂《さび》しくなったら孝志くんからもラブコールしてくれていいからね？」

「ラブコール前提なんですね……」

「してくれないの？」

「……してくれって言うならしますけど」

「じゃあ、して？」

「わ、わかりました」

きっと、俺は先輩よりも先に寂しさを覚えて、ラブコールをしてしまうのだろう。

先輩が普段《ふだん》俺といる時間に悠の部屋で何をしているのか、何を話しているのか、色々思《おも》い巡《めぐ》らせた果てに限界を迎《むか》えて……。

起こり得る未来を想像しながら見つめる先輩の目に、俺は胸の奥《おく》を熱くせずにはいられなかった。

結局、胸の熱が爆発《ばくはつ》した昼休み頃に早めのラブコールを掛けた際に揶揄われてしまったのだけれど……。

「あぁ……暇《ひま》だ……」

大学を終えて、今は夜の八時。

特に意味もなくソファーに身を埋《うず》める俺は、まるで溶けかけのスライムのよう。

無気力で、生気もなく、ただそこにいるのみ。〝人の形をした何か〟になっている。

「先輩が部屋にいないと、こんなに暇なんだな……。飯もあっという間に食べちゃったし、課題は大学で終わらせてきちゃったし、これからどうしよ……」

先輩との食生活に慣れてしまったからか、朝食同様しっかりと食べるようになり、キッチンにはハンバーグを焼いた匂《にお》いが換気扇《かんきせん》を回しているのにも拘《かか》わらず残っている。

部屋で先輩とイチャイチャする事が日課になってしまったからか、先に大学で課題やら勉強やらを済ませる癖《くせ》ができてしまった。

その為か、先輩が今日いないのにも拘わらず家でやる事がほとんどないという事態になってしまっている今現在。

「……お酒でも飲むか」

悩《なや》んだ末に俺は、もう一つの日課になってしまった晩酌《ばんしゃく》をする事にした。

キッチンの収納から先輩の好きな甘いお酒を取り出す。けれど、ただ取り出すだけには止《とど》まらない。唐突《とうとつ》に閃《ひらめ》いた事を実行してしまう俺がいるのだから。

「せっかくだし、混ぜてみるか」

キッチンから持ってきたのはもも酒、そして蜜柑《みかん》酒。瓶《びん》の中身が半分になっているそれらをコップに一対一で入れていく。

桃《もも》と蜜柑。何も不思議な混ぜ合わせではない。缶詰《かんづめ》でもミックスで売られているんだし。

もも酒のとろ～ぉっとした流動性と、蜜柑酒のさっぱりした柑橘《かんきつけい》系の香りが混ざり合い、トロピカルな雰囲気がコップの中から伝わってくる。

自然と生唾《なまつば》が溜《た》まり、物欲《ものほ》しくなってしまう。

「……今日くらい、いいよな」

先輩のいないところで飲む事になるそのお酒は、どこか禁忌《きんき》な気がしてならなかった。

混ぜたのは先輩がいつも飲んでいるもののはずなのに、出来上がったのはいつも以上に甘美《かんび》な雰囲気を漂《ただよ》わせる未知のお酒。

よく考えてみれば、誰《だれ》もいないところでお酒を飲むのは今回が初めてかも知れない。

そう考えると、また目の前のお酒に未知の恐怖を強く覚えてしまう。

いつもは先輩と甘くイチャイチャしているだけに、お酒に酔っていると言う感覚を強く感じてこなかった。

いや、先輩がいたから酔いを誤魔化せていて、お酒の怖《こわ》さに直面する事はなかったのかもしれない。

今、目の前にあるお酒は濃《こ》さにして十五パーセント。いつも先輩と飲んでいるのとほぼ変わらない濃さではあれど、量が違う。状態が違う。気持ちが違う。

徐々《じょじょ》にトロピカルなお酒から身を遠ざけようとした刹那《せつな》の事。

プルルル……！

聞き覚えのある着信音。それでいて特別な着信音。

「……先輩?」

それは救いの電話だった。

寂しさすら覚えていた瞬間《しゅんかん》に電話をかけてくるのだから、俺の気持ちは遠く離れていても伝わっているのかと勘違《かんちが》いしてしまう。

『は～い！　孝志く～ん！　本日二回目のラブコールですよ～っ！』

昼と打って変わってビデオ通話。明るく元気な先輩の横に見慣れない白髪《はくはつ》の美少女が赤面しながら手を振っている。

「……えっと、どちら様?」

『ど、どちら様ってひどいなお前！　私だよ、私！　悠に決まってんだろ！』

「悠って……はぁっっっ⁉」

声は紛《まぎ》れもなく悠そのもの。口調も間違《まちが》いなく悠だ。それだと言うのに、今ビデオ通話越しに見ている光景が信じられなかった。

頑《かたく》なに人前でフードを外す事を嫌がっていた悠が今こうして素顔《すがお》を晒《さら》しているのだから。

そしてその素顔は、思わず見惚《みと》れてしまうほどの真っ白な美少女だと言うことに驚《おどろ》きを隠せない。

いや、驚くなと言うのが難しい。何せ、先輩を求めて電話に出たのにそこに飛び込んできたのは素顔を晒した親友なのだから。

『ふふふ、驚いた？』

「そりゃ、驚きますって……どんな手を使ったんですか？」

『そんな、恋人をまるで疑うみたいに』

「じゃあ疑われるような事はしてないいんですか？」

『もちろんしてないわよ！』

ドヤ顔を決《き》め込む恋人に俺が真っ先に疑いの目を向けてしまうのは、きっと紅葉先輩の普段の行い故なのだろう。

先輩を疑うと言うよりは、先輩のいつもの行動が悠に向けられていないかが心配なのだ。

「紅葉先輩はこう言ってるけど、実際のところはどうなんだ悠」

『……まぁ、ちょっと色々されたわ』

『悠ちゃん!!?』

「やっぱり……」

案の定、先輩の揶揄いたがりが悠にも向けられていたようだ。

逆に言えば、それだけ先輩が悠に心を許している事にもなるのでそれはそれで喜ばしい事なのだが、その反面、どこか心がモヤっとしてしまう。

『あ、でも安心して？　私の身と心はず〜っと、キミのだから』

まぁ、結局モヤモヤは先輩の言葉一つで治ってしまうのだけれど……。


時は遡《さかのぼ》る事、夕方の六時。場所は大学から程近《ほどちか》い女性専用二階建てアパート。

男子禁制たる花園《はなぞの》住居の一角で、二人の女子大生がキャッキャと和《なご》み合う。

「さぁ〜、今日はめいっぱい楽しむわよ〜っ！」

「紅葉さん！　静かに!!　ここの壁《かべ》、薄《うす》いんですから!!」

「むしろ、隣の人に私たちが仲のいい事アピールする絶好の機会だと思うのだけれど、どうかしら？」

「どうかしら、じゃないです！　苦情で追い出されたらどうしたらいいんですか!!?」

「その時はその時で考えればいいわ！　なんなら、孝志くんの家に転《ころ》がり込んじゃう？」

「いや、流石《さすが》にそれはちょっと……。私、野暮《やぼ》な事はしない主義なので」

「引き際を分かってる子は嫌いじゃないわよ」

「そりゃどうも」

手足をバタバタさせて意気《いき》揚々《ようよう》とした様子とは違い、部屋の主たる悠は慌てた様子で先輩を静かにさせようと奮闘《ふんとう》する。

自分の部屋の中だと言うのにトレードマークのフードは外さず、紅葉の冗談に動じることなく飄々《ひょうひょう》と言葉を聞き流す。

そんな澄《す》ましたような悠の反応に紅葉は満足気な表情を向ける。それにも悠は軽く受け流して、紅葉をリビングへと案内する。

「で、今日はどうしたんですか。私の部屋に泊まりたいだなんて。アイツと何かあったんですか？」

リビングに案内するや否や、悠は紅葉に本題を切り出す。

前日の夜、突然《とつぜん》『明日、泊まらせて』と親友の恋人から送られて来たものだから、わずかながらも心配している様子。

もしかしたら、孝志の部屋に上がり込んでいた件がまだ尾《お》を引いているのか……？

親友の頼《たの》みだからと言って、安易に恋人のいる部屋に上がったのはやっぱりダメだったよな……。ああ……またやらかした……。

悠の心に黒い気持ちが渦巻《うずま》いていく。

自己嫌悪《けんお》。自己否定。劣弱《れつじゃく》意識。

今、ここに紅葉がいる事全てが自分のせいだと言わんばかりに、責任を全て自分に擦《なす》りつけようとする思考を抱きながらフードを深く被《かぶ》り直す。

けれど、返って来た反応はまるで悠の思考とは真逆だった。

「ん～？　孝志くんとは相変わらずラブラブよ～？　お昼には寂しくなった孝志くんからラブコールかかってきたもの」

「は、はぁ……そうですか……。ラブラブなことでなにより……」

気の抜けるような紅葉の言葉に、フードを摘《つま》む悠の指の力は緩《ゆる》んでいく。

そんな悠に、紅葉は孝志からの着信履歴《りれき》を見せてクネクネする。

「孝志くんってば、好き好きって連呼しただけで慌てて切っちゃってほんと、かわいい」

人の家だと言うのに頬を赤らめて惜《お》しげもなく惚気《のろけ》を口にしていく紅葉に、悠は気まずそうに目を逸らしていた。

けれど、紅葉は悠のわずかな変化を見逃《みのが》すほど目的を見失っているわけではない。

「さてと、冗談はこれまでにして」

「わりと本気だったかと……」

「あなたの事、もっと知りたくて来たのよ。有《あ》り体《てい》に言えば、仲良くなりたいって事」

悠からの小痛い言葉にも気にする事なく、キメ顔で〝仲良くなりたい宣言〟をする紅葉。

悠の前には、さっきまで恋人の事で悶《もだ》えていた人と同一かと疑わしいくらいに様変わりした人生の先輩。

「……別に、私の事を知っても何も面白《おもしろ》くないですよ。孝志を揶揄っている方が何倍もいいかと」

「それはごもっとも」

いつもの紅葉らしさはあるものの、表情は真面目そのもの。

そんなギャップに、悠は強く文句を言うことは出来なくなっていた。

「でも、ほっとけないのよ。孝志くんも、悠ちゃんもね」

「……それは可哀想《かわいそう》だからですか？」

辛《かろ》うじて悠に出来るのは、紅葉の本心を探《さぐ》ることだけ。

悠にとっては、可哀想だから近づいてくる人は珍《めずら》しくもなんともない。

日常的にフードを被って人目を気にしているような人は、世間からしたら見世物だ。まともな生活を送れない人を助けては賞賛の声を浴びようなんて目論《もくろ》む人はたくさんいる。

それこそ、彼女にとって無くてはならないフードを外させようとする人だっていた。フードに包まれた環境《かんきょう》が悠の求めた結果だと言うのに。

そういうこともあって、悠は人の視線に人一倍警戒《けいかい》し、その警戒心を悟《さと》らせないようにフードを深めに被る。

　そして、〝可哀想〟と向けられる視線は今、彼女が嫌うものの一つでもあった。

　だが、紅葉が悠に向ける視線や気持ちは〝可哀想〟と言うものでは無い。

「……違《ちが》うわ。単純に知りたいのよ、私は。悠ちゃんがどうしてフードを被ったまま人を遠ざけようとしてるのかを」

「知ってどうするんですか？」

「どうもしないわ」

「……はい？」

「だって、悠ちゃんがそうしたくてしてる事なら、無理に変える必要なんてないじゃない。私だってそうだもの」

　ただの純粋《じゅんすい》なる興味。何も害する気持ちもなく、何かを施《ほどこ》すのでもなくただ聞いてみただけの事。本当に、ただそれだけ。

「私は大好きな人を揶揄うのが大好きよ。どんなに嫌がられようとも、こんな私を丸ごと好きになってもらいたい」

　自分が自分である為《ため》に決めた事ならそれでいい。

　それが紅葉が紅葉である理由であり、どんなに孝志に嫌な顔をされようとも揶揄《からか》う事を止《や》めない理由でもある。

好きだから揶揄う。揶揄う私を好きになって貰《もら》いたい。ただそれだけ。

「だってそれが私で、私自身がしたいことだしね」

紅葉はキメ顔でそう言った。

「悠ちゃんはどう？　今のままでいい？　それともやりたい事、ある？」

そう、言葉を付け足しながら。

「……特別扱《あつか》いされたく、ないです」

寂しくフードの少女から溢《あふ》れ出る本音。

それは、親友に対してのハキハキとしたものとは全く別物の、弱々しい口調。

けれど、それほどまでに真剣《しんけん》なのだと対面する相手に伝わるもの。

「詳《くわ》しく教えて貰える？　大丈夫、私は絶対に悠ちゃんの味方だからさ」

「本当ですか……？　気が変わったり、しませんか？」

「私ね、頑張《がんば》ってる子が好きなの。頑張って頑張って現状を変えようとしてる子が大好き」

「孝志とか？」

「そ、孝志くんも。揶揄われないようにしてる孝志くんにいつもキュンキュンしちゃうの」

恋人への惚気とは真逆に、紅葉の目は鋭《するど》い。

ところどころ話を逸らしつつも、悠への悩みに没入《ぼつにゅう》している様子。

そこには孝志の前で見せる〝だらしなさ〟は一切《いっさい》見られなかった。

それどころか真剣すぎる表情の紅葉にかっこよさすら見られる。

「だから、悠ちゃんが頑張る姿を見て、気が変わる事はないよ」

「そう……ですか……」

いつもとは違い過ぎる紅葉に悠は言葉を詰《つ》まらせずにはいられない。

「あ、ごめん訂正《ていせい》。気は変わるわね」

「え？」

「だって、悠ちゃんにもキュンキュンしちゃうかもしれないじゃない？」

「あ、あはは……」

いつもの紅葉へと急に戻《もど》る急勾配《きゅうこうばい》にもまた言葉を詰まらせる悠。

「それで～？　悠ちゃんは何に悩んでるの～？」

不安気な表情を浮かべる悠に、ここぞとばかりに紅葉は詰め寄る。

けれど、やはり彼女の言葉の抑揚《よくよう》は孝志に対するものとは違い、悩みに真摯《しんし》なもの。

詰まった空気を変えるためのもの。孝志に甘えたい時に出す声とは似ても似つかない。

そして、孝志の正面で紅葉の声色《こわいろ》が変化していく様を見聞きしてた悠にとって、今の紅葉の声がどういう意図を持つのか分かっていた。

自分をほぐす為のものだ、と。

紅葉の心遣《こころづか》いに応えるべく、悠は隠《かく》していたものをゆっくりと晒していく……。

「えっと、ですね……。これ、なんですけど……」

「わっ、白い！」

フードを取った少女の髪《かみ》は紅葉の反応のままの真っ白なもの。それは染めたものとは違う、ごく自然体のもの。その反面、伏《ふ》せた少女の顔は恥《は》ずかしさで真っ赤になっている。

「ねねっ、これって地毛？　ちょっと触《さわ》っていい？」

「い、いいですけど……」

「それじゃあ遠慮《えんりょ》なく〜」

数ヶ月ぶり、数年ぶりくらいに家族以外に白い地毛を晒して恥ずかしさの頂点にいる悠。

そんな白少女に対して、紅葉は興味津々《きょうみしんしん》な表情で頭に手を伸《の》ばす。

そして髪を触られるのを許されるや否《いな》や、ゆっくり優しく悠の頭を撫《な》でていく。

綺麗な手を清めるかのような真っ白な悠の髪は、地毛である事を疑ってしまうのも仕方ないほどに神聖なものに煌《きら》めいている。細く長いしっかりした髪質《かみしつ》だと言うのもまた、仕方のない事。紅葉も例外ではない。

「んー、いいね。サラサラだね〜。ちゃんと手入れされてるし、きめ細かい！　羨《うらや》ましい!!」

自分の髪を思い出しながら、物欲しそうな目で悠の頭を撫で続ける紅葉。

綺麗で真紅《しんく》の髪を持つ紅葉だけれども、決して彼女自身は自分の髪は好きではない。色ではなく、髪質がではあるが。

綺麗な髪色《かみいろ》とは裏腹に、ゴワゴワとしてケアをするのも一苦労。そんな自分の髪が好きではなく、それだけに悠の潤《うるう》みのある髪質に羨ましさを抱かずにはいられない紅葉。

しかし、それは悠の想定する反応とは違っていて……。

「……それだけですか？」

「それだけ、って言うのは？」

「えっと、〝外国人みたい〟とか……〝日本人じゃないみたい〜〟とか……言わないんですか……？」

自らの悩みを打ちかさずにはいられなくなっていく悠。コンプレックスと言ってもいい。

日本人ではほとんど見られない白髪。世間からは物珍《ものめずら》しい目で見られ、同級生からも距《きょ》離《り》を置かれ、気づけば自分の素顔を隠すようになっていく。

唯一《ゆいいつ》の救いは親からの『無理しなくていいんだよ』の言葉。

それでも悠が感じてきた周りからの視線の恐怖《きょうふ》は忘れられずに今に至っている。

それを破ったのは同じく髪色が普通《ふつう》ではない大学の先輩《せんぱい》。

「白髪の日本人がいてもいいんじゃない？　私だって髪赤いけど、ちゃんと日本人だしね」

「あ……確かに……」

素顔を見せない自分にも親友が出来て、その親友の恋人《こいびと》に素顔を見せるように。

誰もが予想できず、紅葉すらも悠が自身の髪色で悩んでいる事など知るはずがなかった。

少なくとも、孝志は悠がフードを被ったままでいようが関係ない事だったのだから。当然、恋人の紅葉に伝えるはずもない。

きっかけはただの偶然《ぐうぜん》。

「もしかして、誰かに言われたの？」

「ま、まぁ……高校卒業するまでずっと」

「そう。大変だったんだね。この間のバーの時嫌《いや》な思いさせちゃったでしょ？　ごめんね」

「い、いえ……っ！　前のバイトでもよく言われてた事だったので、もう気にしてませんっ！」

紅葉行きつけのバーが悠のバイト先で、その日に限って悠が臨時でホールに出る事に。

ただ重なった偶然で、悠のコンプレックスが明らかになり、解決への道が作られ始める。

「……気にしてないって、感覚麻痺《まひ》らせてない？　ダメだよ、自分に素直《すなお》にならないと」

「素直に、ですか……」

自分では気づいていない事でも、近しい立場の人に言われれば自覚のきっかけになり得る。解決への道っていうのはそういうもの。

しかし、その解決方法は紅葉らしいと言えば紅葉らしいもの。

「特別扱い、されたくないんだったよね？　だったら、素直になれる相手がちゃんと近くにいるじゃない」

「それって紅葉先輩の事ですか」

「ん～？　私はむしろ特別扱いして甘《あま》やかしちゃうよ～？」

「じゃあ、まさか……」

「そのまさかよ～。大丈夫。素面は恥ずかしいだろうからまずは晩酌から始めましょうか！」

カバンの中に忍《しの》ばせていた大量の缶《かん》チューハイの登場である。

「甘いの、苦いの、はたまた酸《す》っぱいの！　とりあえず色々揃《そろ》えて持ってきたよ！　さぁ、悠ちゃんは何ではっちゃけちゃう？」

「何ではっちゃけちゃう？　じゃないですよ！　なんですかこのお酒の量は!?」

「え？　悠ちゃんと一緒《いっしょ》に飲もうかな～って思って、部屋に来る前に近くのスーパーで買い漁《あさ》ってきたの」

「いや、呼んでくださいって……どうしてこの量を一人で運んできちゃうんですか……」

「だってサプライズにならないじゃない？」

「お酒を持ってきた事よりもこの量を一人で持ってきた事にサプライズを感じてますよ！」

リビングテーブルに並べ置かれた沢山《たくさん》の缶チューハイに悠は驚きを隠せない。缶チューハイの多さそのものというよりも、なんの迷いもなく一人で悠の部屋まで運んできた紅葉の行動力に。

しかも、通常の缶チューハイではなくもれなくロング缶。贅沢《ぜいたく》も酒、ハイパードライ、凍結《とうけつ》レモンなどなど、どれに至ってもロングでビッグ。通常サイズの缶チューハイは紅葉のカバンからは出てこない。そんな状況《じょうきょう》での悠の表情に、紅葉はご満悦《まんえつ》だ。

「まぁまぁ、いいじゃないの。こういう時こそお酒よ、お酒。悠ちゃん、飲めるんでしょ？

孝志くんから、焼肉の時グビグビ飲んでたって言ってたから」

「いや、まぁ……飲めますけど。なんかこう……うまいこと乗せられているような気が」

「ん〜、そうかな〜？」

「まぁ乗りますけどね。どうせ、孝志に私の素顔を見せて揶揄うつもりなんでしょうし」

「あら、バレちゃった？」

「先輩と私は思考似てますから。いいですよ別に、孝志にならｐ。流石に素面《しらふ》じゃむず痒《がゆ》いのでお酒を飲んでからになりますけども」

「ふふっ、もちろん分かってるわよ～」

紅葉の誘《さそ》いが罠《わな》だと分かっていながらも、悠はテーブルに並ぶお酒を一本手に取る。

心の中で『むしろ素顔見せるんだったら飲まなきゃやってられない』と呟《つぶや》きながら。

悠にとって、紅葉に素顔を見せるのと孝志に素顔を見せるのでは決定的に違うことがあった。もちろん共通点はある。紅葉はその美しさとプロポーションで多少なりとも疎《うと》まれ、孝志も孝志で紅葉と付き合っている事を疎まれているのだから。

けれど、その疎みにこそ違いがある。彼女自身にか、彼《かれ》の立場にかという決定的な違いが。そして悠が今まで受けてきた素顔への声は自分自身に向けられたもの。

だからこそ、悠は紅葉の前でコンプレックスである素顔を出せたのかもしれない。

もっとも、孝志の事を信頼《しんらい》しているからこそ、お酒に身を任せる〝だけ〟で素顔を出す気になっているのだろうが。

そんな悠の様子に、紅葉はどこか慈愛《じあい》に満ちた表情を浮《う》かべるが、それは長くは続かなかった。

「でもあれだな～。私はちょっぴり不安」

その言葉と共に、紅葉の表情は揶揄いの表情へと切り替《か》わっていく。

しかし、すでに手にとったハイパードライを口にしている悠には、紅葉の表情は目に入る事はなかった。『次は何飲もうかな……』とそんな事を考えながら鞄《かばん》の中から取り出したチョコクッキーをポリポリと齧《かじ》る事に夢中になっているのだから。

けれど、こちらもそう長くは続かない。

「不安って、何にですか？」

「何ってそりゃあ、孝志くんの反応に、かな？」

「孝志が私の素顔を見て拒絶《きょぜつ》するとかは考えられないんですけど」

「ううん、そうじゃなくてね……」

「……？」

「悠ちゃんに惚《ほ》れちゃったらどうしようかなーって……」

「なっッッ!?」

紅葉の放った爆弾《ばくだん》に動揺《どうよう》せざるを得ないのだから。

「……ふふっ。どう？　少しはびっくりした？」

「そ、そりゃしますって!!!　なんですか、そのあり得ない冗談は!!!」

「ごめんごめん。悠ちゃん自身が、自分は可愛《かわい》いんだって事自覚してないみたいだから揶揄ってみたくなって」

「だから、冗談はやめてくださいって……」

驚くと同時に、少し噴《ふ》き出してしまったビールを慌《あわ》ててハンカチで拭《ぬぐ》い取りながら紅葉に揶揄うのを止めるよう釘《くぎ》を刺《さ》す悠。

女子として可愛くありたいし、晒さない素顔でも可愛くなろうと努力してきた悠。まだまだ可愛い自覚が持てない彼女にとって紅葉の言葉は心臓に悪かった。

「ん～、揶揄ってはいるけど冗談は言ってないわよ？」

紅葉の真剣な言葉も。後に続いた言葉も。

「……はい？」

「孝志くんが悠ちゃんに惚れちゃうかもって不安も、悠ちゃんの可愛さへの嫉妬《しっと》も、どっちも本気。冗談なんかじゃないわ」

悠にとって、未知の領域なのだから。そして、真剣でありながらもどこか寂しそうな紅葉の表情もまた、未知のもの。

「い、いやいやいや!!　孝志が今更《いまさら》私に惚れるとかあり得ないですって!!　普段《ふだん》のアイツを見てないんですか!?　紅葉先輩にゾッコンじゃないですか!!」

「でも絶対に他の子に靡《なび》かないってわけでもないじゃない」

「それでも、私はあり得ないですよ。あくまで親友止まり。アイツもきっとそう。紅葉先輩が不安になる事は何もないですよ」

「そう？　そうかなぁ……？」

「そうですよ、絶対」

見た事ないほどに落ち込《こ》んだ紅葉の様子に悠は驚きを隠せない。

それでも度重《たびかさ》なる悠の励《はげ》ましによって気を取り戻した紅葉は勢いのままに孝志へラブコールする事に。今度は逆に孝志の声を聞いた悠が動揺する事になるのだけれども……。

『孝志くんは今何してるの～？』

「俺《おれ》ですか？　俺はまぁ……ちょっと、ぼーっとしてましたね」

『とか言って、実は私からのラブコールを心待ちにしてたとかじゃないの～？』

「そ、それは……」

『あ、図星だ』

「……」

ビデオ通話。それは相手の表情を見ながら通話が出来る濃密《のうみつ》な時間。物理的には離《はな》れていても擬似的《ぎじてき》に恋人を感じる事が出来る至福の時間。

けれどそれは向こうも同じこと。小さな心の動揺でも顔に出てしまえばバレてしまう。目を逸《そ》らしたり。少し動揺してしまったり。事実を突きつけられて黙《だま》ってしまったり。

幸せな時間とは言っても、いつもの日常からは逃《のが》れられるわけではなかった。

しかし、少しの表情の変化が相手に伝わってしまうビデオ通話でも、心の中まで伝えるわけではない。

そう、紅葉先輩から電話が掛《か》かって来なかったらきっと後少しで電話してたかも……なんて事は。

そこだけに関して言えば、物理的に離れているビデオ通話でよかったと思えた。

きっと、ソワソワしている様子を顔だけでは無く、手足や体全体、もしくは揶揄いの中から見出《みいだ》してしまうだろうから。

俺の恋人の紅葉先輩とは、そういう人物だ。

けれど、揶揄うだけではないのがまた困りもの。

『ちゃんとご飯食べた？』

「食べましたよ」

『カップラーメンとかじゃない？』

「ガッツリとハンバーグ食べましたって。あ、ちゃんと自炊《じすい》ですよ？」

『ならばよろしい』

こんな感じに、同居前は食にだらしなかった俺を心配してか、夕食の確認《かくにん》をしてくれる家庭的な部分があるのだからまた好きになってしまう。

真紅の髪をふわりふわりと揺《ゆ》らしながら、ニカッと笑って見せる先輩。

先輩と暮らし始めてから、食生活はガラリと変わってしまって、今ではちゃんと食事を取らないともやもやしてしまう体になっている。

人間としてはキチンと食事をするのが普通なのだろうけれども、同居前の俺はそれよりも紅葉先輩の事を悶々《もんもん》と考える時間の方が大事で優先するのが普通だったのだ。

今も、悶々とする時間が無くなったわけではない。けれど、先輩を悲しませてまでやることではないな、と生活改善して現在に至っているわけなのだが……。

ふと、不安に感じている部分があった。

それは頬《ほお》の赤み。明らかに、お酒を飲んでいる時の様子に、一抹《いちまつ》の不安を覚えてしまう。

その不安を解消する為、俺は軽く聞いてみることにした。

「ところで紅葉先輩は食べたんですか？　お酒ばっか飲んでないか心配なんですけど……」

「……」

『ふっふっふ……心配ご無用！　今日はまだ、この一本だけだから!!　ご飯ももうそろそろしたら食べるよ！』

先輩の言葉と一緒に画面に映されたのは先輩御用達《せんぱいごようたし》のもも酒。

ますます不安が増していく反面、まだ大丈夫《だいじょうぶ》と思いたい自分がいた。

そんな気持ちを抑《おさ》えつつ俺は擁護《ようご》の言葉を口にする。

「一本とかいいながら、きっちりロング缶なんですね。まぁ、その一本だけならイイですけど……」

『んなわけないでしょうが。お前は彼氏《かれし》として先輩の何を見てんだよ』

横から飛び込んできた親友のキツイ口調に上書きされるまでは。

「……悠さん？」

『見なさい、この惨状《さんじょう》を!!!』

俺の返事を聞く前に悠は紅葉先輩からスマホを取り上げたのか、画面が大きく揺れる。

そしてその間には、電話の向こうでワーキャーと騒《さわ》ぐ恋人と親友。

『え、ちょ……何するの悠ちゃん!!?』

『観念してください！　散々私を揶揄ってくれた罰《ばつ》です!!』

『悠ちゃんが可愛いのが悪いのよ！』

仲がいいのか悪いのか、喧嘩《けんか》しつつも、あまり怒《おこ》っている様子は聞き取れない。そんな中で見せられた光景に俺は、擁護する事を忘れてしまった。

「……先輩、これはちょっと買いすぎでは？」

『し、仕方ないじゃない。悠ちゃんがどれくらい飲むか分からないんだもの……』

『その割にはドヤ顔でカバンから出したじゃないですか』

『悠ちゃん……っ！　シ――――ッッ!!』

「先輩……」

画面越《ご》しに見せられているのは、並々と並ぶロング缶。その量は明らかに二人で飲むだろう通常の量を超《こ》えていて、しかもそれを紅葉先輩一人で持ってきたと言うではないか。

先輩からラブコールが掛かってきた時に感じたドキドキは今はここには無く、むしろある種の義務感に駆《か》られていた。

「このまま、食事始めるまで通話繋《つな》ぎますけどいいですよね？」

『……はい』

先輩の食生活、もしかして俺の前以外だと緩い？

人への鬱憤《うっぷん》は気づかぬうちに溜まっているもので、いつかそれを発散しなければどこかで爆発《ばくはつ》してしまう。それは人それぞれ違い、キャパシティもキッカケもまちまちだ。

ただ、例外なく人への鬱憤は溜まってしまう。それは恋人に対してもあるのだなと、今日気づいてしまった。

「さ、先輩。早く料理する姿見せてくださいよ。お酒が入った先輩のかっこいい姿見せて下さいよ」

『うぅ……痛いところをついてくるねぇ……。このままお酒とおつまみでどうにか過ごしてやろうと思ったのに……』

「散々食生活を整わせておいて、当の先輩は自堕落《じだらく》になるんですか？　朝の先輩はどこに行ったんですか？」

『あ、朝はちゃんと食べないとダメでしょ⁉』

「夜も食べないとダメだと思うんですけど」

『うぐっ……』

もっとも、普段揶揄《ふだんからか》われてばかりの鬱憤を、逆に恋人を揶揄う事で発散する事ができるのだけど。

ビデオ通話越しに先輩を揶揄えば、少しシュンとしたり、慌てたり、図星を突《つ》かれて驚いたり。普段では見る事のできない先輩を見られて満足だ。

強《し》いて言えば、この光景を映像として残すことができない点。あくまでビデオ通話な為、この光景はこの瞬間にしか見られない。それだけが不満だ。

出来れば直接面と向かって先輩を揶揄ってみたいものだけれど、きっとそれは叶《かな》わない。

だからこそ、今、この瞬間を存分に活用しよう。そう思っていたのだけれど……。

『ねぇ、私のこと忘れてない？　いや、いいんだよ？　別にいつものようにイチャコラしてくれてもさ。でも、先輩にはココが私の部屋だって事、そんで孝志は私もまだご飯食べてない事を頭に留《とど》めておいてね？』

可愛い素顔を見せてくれたばかりの親友が明らかにイライラしながら、横入りしてきた。

「あ、はい……」

『な、なんかごめん……』

悠の言い分になんの文句もないどころか、申し訳なさが急激に襲《おそ》ってきた俺と紅葉先輩は声を揃えて白髪の美少女に謝《あやま》る。

『わかればいいのよ、わかれば』

フードを外し、白髪の素顔を晒してもやはり悠は悠のままで、ビデオ通話越しに見られる仕草ひとつひとつにどこか安心してしまう。あぁ……いつもの親友だ……、と。

そして次に続く言葉もまた、いつもの親友そのものだった。

『で、彼女《かのじょ》に仕返しして悦《よろこ》んでいる孝志に質問なんだけど』

「その言い方やめて。いや、間違ってはないんだけど、なんかこう……やめてください」

思わぬ言葉に、俺は途端《とたん》に敬語になってしまう。

そんな事はお構いなしに、白髪の親友はニコリとビデオ通話越しに笑いかける。

『私はどうしたらいい？　紅葉さんに料理をするよう、誘導《ゆうどう》すればいいの？　それとも私が料理を作って紅葉さんに食べさせればいいの？』

普段はフードに包まれていて細部まで見れなかった親友のイタズラ顔。目を細め、まるで獲物《えもの》を見つけたかのような鋭い視線をこちらに向けてくる。小さな唇《くちびる》の端《はし》に人差し指を当てて色っぽさを演出してくる始末。

そんな演出をしてまでに放たれた悠の言葉の真意に気づかないほど、俺はバカではない。

『私は悠ちゃんに作ってもらいたいなぁ～』

「先輩はちょっと黙っててください。ちょっと真剣に悩《なや》むんで」

『むっ……そんな真面目な目で言われると、ドキッとしちゃう……』

『言ってる内容は、欲望と相談するって事ですけどね』

恋人の言葉を無視して自分の世界に入る俺を、紅葉先輩は目を蕩《とろ》けさせ、悠は呆《あき》れた表情を浮かべる。

そんな中で俺は深く考《かんが》え込む。お酒に酔《よ》った紅葉先輩に料理を作らせるか、まだまだ余《よ》裕《ゆう》そうな悠に料理を作ってもらうか。

先輩にこのまま仕返しを続けるか、悠のリズムに合わせるか。俺は悩みに悩む。

悩んでいる最中に聞こえる、紅葉先輩と悠の『んにゅぅ……いい匂《にお》いぃ……』『ちょ……お酒臭《さけくさ》いんでやめてください!!』『もも酒だからそんなに臭くないわよぉ……!』なといった仲良し具合により一層悩まされる。

悩みに悩んで、悩んだ果てに俺は結論を出した。

「よし、悠。紅葉先輩をキッチンに向かわせてくれ」

『あいあい。つまり孝志はポンコツな紅葉先輩を見たいと。物好きだねぇ～』

「それもあるけど」

『けど……？　けど何よ』

「悠のハラハラしている様子も見てみたいな、ってな」

いっそ、両方見てみる事だった。

『アンタは私じゃなくてもっと恋人の方を見なさい!!!』

まさか、この後悠に激怒《げきど》されるとは思わなかったけれど。

『うぅん……鰹節《かつおぶし》のいい匂い。なんかこう、脱《ぬ》ぎたくなるわね。脱いでいい？』

『良いないです、ちゃんと服を着ていてください。じゃないと画面の向こうにいる変態に全部見られますよ』

『ん～、私はむしろ見られても良いけど～？』

『カップル揃って変態だったか』

紅葉先輩の狂言《きょうげん》に惑《まど》わされる。しかもその言葉が割と先輩にとって本気なんだと電話越しの悠の焦《あせ》り声で伝わってくる。

そこに付け加わるように『見られても良い』の言葉。先輩との生活に判断を狂《くる》わされてしまっていた俺は、脳裏《のうり》に先輩がゆっくりと服を脱いでいく姿を想像してしまう。

たわわに実った母性を優《やさ》しく解放するように、のんびりとした様子の紅葉先輩。にへらと笑いながら俺が恥ずかしがる姿を想像して大胆《だいたん》になっていく、一つ年上の恋人。悠の前だというのに、俺を揶揄う事をやめない――――紅葉。

すっかり、俺の頭の中は大好きな先輩で埋《う》め尽《つ》くされている。紅葉漬《づ》けだ。

もちろん、悠にそんな事を気づかれるわけにはいかないので誤魔化《ごまか》すしかないのだが。

「ちょっと待て、俺は変態じゃないぞ」

『先輩が脱ごうとした時、画面に顔を思いっきり近づけたクセに』

「……見てたのか」

『カマかけてみたけど、本当に近づけてたとか。流石《さすが》にドン引きだわ』

「うっっ……！」

モノの見事に、あっけなく俺が変態だというのが認定《にんてい》されてしまったのだけれども。

悠の視線が冷たい。今までは言葉や態度だけで感じていたものが、視線や目付きでも感じる事になるとその破壊力《はかいりょく》は絶大だった。

けれど、紅葉先輩は俺の心境なんて関係なく唯我独尊《ゆいがどくそん》を貫《つらぬ》く。

『で、先輩はさっきから何してるんですか。私の後ろでゴソゴソと』

『え、裸《はだか》エプロンだけど？』

「はだ……っっっ⁉」

ガタ……ッ！

思わず、体を前のめりにしてテーブルを思いっきり揺らしてしまった。それくらい、紅葉先輩が言い放った言葉が衝撃的《しょうげきてき》過ぎた。いや、衝撃的だったというより――――さっき留めていた妄想《もうそう》が加速して行ってしまう。

きっと今頃《いまごろ》、俺の事を揶揄えて満足そうな笑《え》みを浮かべているのだろうなぁ。ニヤニヤと。たわわな胸に油跳《は》ねを守る為の布一枚被せて。

当然、裸エプロンというからには、後ろは無防備も無防備。白くて綺麗《きれい》な、俺はおろか

他の男も触っていないであろう艶《あで》やかな背中が脳裏に広がっていく。こんな事をしていたって意味なんてないのに、頭の中で先輩の背中をツンと突く。

もちっぷにっとした感触《かんしょく》を覚えると共に、『ひゃ……っ！　ううぅ……んっ！』と先輩の色っぽい声が頭に響《ひび》く。

してやられた時の先輩の顔が頭に過《よ》ぎり、もっと――先輩の色っぽい声を聞いてみたいと妄想を膨《ふく》らませてしまう。

背中の次はどこだろうか。うなじだろうか。とっておきの胸だろうか。それとも、今朝ジーンズ越しで見たばかりのもう一つの果実だろうか。さしずめ、桃《もも》――食《た》べ頃《ごろ》と言わんばかりの瑞々《みずみず》しい桃尻《ももじり》。

触《ふ》れれば潰《つぶ》れてしまいそうなくらいのぷるぷると揺れる恋人のお尻目《しりめ》掛《が》けて手を伸ばそうとしたその時だった。

『おいこら変態』

親友の悠のドスの利いた声で現実に引き戻されていく。

「誰《だれ》が変態だ、誰が！」

引き戻された事は別に怒ってはいない。むしろ現実に引き戻してくれてありがとうと言いたいくらいだ。けれど、それとこれとは話が別。俺は決して変態ではない。

『表情で丸わかりなんだよ、変態』

俺が否定してもまたもや悠は俺を変態呼ばわりしてくる。その目つきは、鋭いもの。

しかし、それよりも気になる事が……。

「丸わかりって……何がだよ……」

まるで俺が悠の声で現実に引き戻される間に何を考えていたのか、お見通しのような事を言っているのだ。当然、気になって仕方がない。

『何って、どうせ先輩のえっちな姿を想像していたんでしょ？』

どうやら悠にはお見通しのようだった。

お見通しの上で、俺の事を変態と罵《ののし》ってくれたわけだ。俺が普段、どんなに苦労しているのかを知らずに。

「いいか、悠。さっきのは不可抗力《ふかこうりょく》だ」

『へぇ？　期待してないけど、続けて？』

「紅葉先輩の裸エプロンは確かに初めてだ。だから、どんな格好なのか、気になってしまうのは仕方ないだろう？　それに今朝だって、裸で寝起《ねお》き襲われて大変だったんだぜ？」

『どんだけお盛《さか》んなんだよ』

「先輩が勝手に暴走してるだけだって……」

おかしい。弁明しようとしているだけなのに、悠の視線がますます厳しいものになっていく。しかもサルだと思われかねない。

どうにかしてもっと弁明しなければ……そう思ったのも束《つか》の間《ま》。

『とか言って、ちゃーんとおっきくしてたじゃな～い』

先輩がとんでもない爆弾を落としてくれた。弁明のしようもない爆弾を。

『アンタら……』

「ちが……っっ⁉　というか、先輩なんで知って‼︎?」

『ん～、そんな気がしただけだよ～？』

「そんな気がしても声に出さないでもらえます‼︎?　今、悠からの俺への視線とんでもないものになってるんですけど‼」

『その前に、画面から顔を遠ざけろ！　いつまで変態顔を私に見せつけるんだ』

「あ……ごめん……」

俺はただ、弁明しようとしただけなのに。

さらに言えば、先輩が料理している姿をビデオ通話越しに見てみたかっただけなのに。

どうして離れているのに、いつも先輩に振《ふ》り回されてしまうのだろう……。

そんな事を思いながらも、先輩を嫌《きら》いになるどころかますます先輩の事を考えてしまうのは、もう引き返せないほどに先輩――紅葉の事を愛しているからなのだろう。

妄想から我に返った俺の脳裏には、先輩がかつて言い放った二文字の言葉が浮かび上がって来てしまう。それはまだまだ、先の事のはずなのに……。

『よし、これでオッケーっと』

『むぅ……せっかく孝志くんを喜ばせたくて脱いだのにぃ……』

『ならせめて、自分らの家でやってくださいよ。見せつけられる私の身にも少しはなってください』

『はぁい……』

悠にやいのやいの言われ、文句を言いながら洋服を着直していく紅葉先輩。その様子はただ通話越しでしか確認出来ないけれども、頬を膨らませている先輩の姿を想像するのは容易だった。

フグのような顔の先輩の、拗《す》ねたようなジト目。さっきの妄想の影響《えいきょう》だろうか。余計な想像までしてしまった。

『そこの変態も、あからさまに残念な顔すんな。変態じゃないんだろ？』

「変態変態言うのをやめてくれない!?」

『じゃあ変態じゃないような表情をしろよ。なんで服を着せたらがっかりしてんだ？　そこは安堵《あんど》するところだろ？』

「うっ……」

自覚しているからこそ、悠の見事なまでの指摘《してき》に何も言えなくなってしまう。

『私は変態な孝志くんも好きだよ～』

『先輩《せんぱい》はちょっと黙っててください。ややこしくなるのと、シンプルに惚気《のろけ》がウザいです』

先輩のフォローも虚《むな》しく、悠の苛立《いらだ》ちに一蹴《いっしゅう》されていく。いや、むしろ先輩の言葉に悠の苛立ちが増したのは気のせいだろうか？

きっと気のせいじゃないと思う。俺だって、先輩と付き合う前は知り合いに惚気を聞かされる度に微笑《ほほえ》ましい反面、妬《ねた》ましかった。きっと悠が今感じているのは似たようなもの。

そりゃ、先輩相手でも『ウザい』と一蹴したくもなる。

もっともその先輩本人はと言えば、一蹴された事を気にする様子はなく。

『とりあえず、料理の続きしてくださいよ。まだ味噌汁《みそしる》しか出来てないですよ？』

『そう慌てなくても大丈夫だって～。冷蔵庫にちょうど、イイのがあったから～』

『ならいいんですけど……』

どこまでもマイペース。人の家の冷蔵庫だと言うのに遠慮なくガサゴソと漁ってしまっている始末。

「心配だ……。料理もだけど、もっとボロを出しそうな気がしてならない……」

いくら悠に気を許しているとは言え緩《ゆる》みすぎている先輩の表情を、カメラ越しに見た俺は心の底から不安で仕方なかった。最悪、火事でも起こすのでは無いかと考えてしまうくらいには。けれど、現実は想像とは違《ちが》った。

火事が起こるどころか、悲鳴が上がることも、包丁で指を切って『ううぅ、痛いよぉ……』とポンコツな先輩の姿すらも無い。

レンズを通して画面に映るそれは、いつも背中越しに見ていた恋人の真剣《しんけん》な姿。毎回見る度に、胸がときめいて仕方なかった光景の裏側。

今日はいつも以上にときめいてしまう。これはきっとお酒のせいじゃないんだろうな。

『……手慣れてますね』

『だって、実家でお母さんにしっかり仕込《しこ》まれたもの』

『なるほど、どうりで』

トントン、トントンとリズミカルに大根を大きめに切っていく。あっという間に剥《む》かされていた大根の皮は水に浸《ひた》されて、大根の本体は鍋《なべ》の中へ。

悠のさりげない計らいで、先輩の手元は一部始終よく見えていた。手慣れているどころじゃない、まるでプロの厨房《ちゅうぼう》を見ているように錯覚《さっかく》させられていく。それこそ、料理人のドキュメントを見せられているのかと思ってしまうくらいに。

それでもやはり、その手元は先輩のもので。

『毎日毎日、孝志くんを思ってたらあっという間よ～』

そう言いながら、聞き馴染《なじ》みのある包丁のリズムが心地《ここち》よく耳に入ってくる。朝起きた時に、真っ先に聞こえてくる音。部屋のドアを開けた先で待っている先輩の「おはよ～」の声と一緒に聞こえてくる朝の音。……今では生活にないと違和感《いわかん》を覚えてしまう、必要不可欠な音が。

「紅葉……先輩……」

気づいたら俺は想《おも》い人を呼んでいた。ただ、意味もなく。ただ、呼んでみたくなって。ただただ、想いが膨らんで……。

「紅葉と結婚《けっこん》したら、毎日が幸せなんだろうな……」

自覚し始めたら止まらなくなって、俺はとんでもない事を口走ってしまった。

結婚。その言葉の意味を大学生になって、知らないわけがなかった。だからこそ、言葉にする時は気をつけないといけない。

気をつけないといけなかったのに……。

「紅葉と結婚したら、毎日が幸せなんだろうな……」

気がついたら、想いが先行して口走ってしまっていた。

当然、通話はまだ続いている。しかも、ビデオ通話だ。相手の表情まで丸わかりだ。そう、悠の「何言ってんだお前」と言わんばかりの表情も、その奥《おく》にいる紅葉先輩の赤面した表情も。……え？　赤面……？？　なんで⁉

俺は予想外の先輩の反応に、驚《おどろ》かずにはいられなかった。そして、それは先輩の言葉にも言えた事。

『あ、あの孝志くん……？　そ、その急にどうしたの？　そ、その、結婚だなんて……っ』

「いや、あの、急にってマジで言ってます？　同棲《どうせい》しようかって話になった時にノリノリで『いっその事結婚しちゃう？』って先輩言ってましたよね？」

『それはその……その場のノリと言いますか……。いや、アレよ？　結婚したいって想いはノリとかじゃないけど、場を和《なご》ませる為《ため》っていうか……』

「先輩のあの言葉があったから俺はこんなに真剣になってるんですけど」

『ううう……っ！』

なんと言う事だろうか。普段の先輩からは信じられないくらいの動揺が声から聞いて取れた。によによと頬を緩ませながら揶揄《からか》ってくる先輩の動揺し切った声がスピーカーを通して部屋中に響き渡《わた》る。今にも泣きそうな、駄々《だだ》っ子のような可愛らしい恋人《こいびと》の声が。

別に、先輩の動揺した声を聞くのは今回が初めてでは無い。何度も反撃《はんげき》しては動揺している先輩は何度も見て来ている。その度に返り討《う》ちにあっているけれども。

しかし、今回はいつもの動揺とは違う。反撃される気配がないどころか、完全に負けを認めてしまっている。まるで――――先輩に揶揄われ続けて諦《あきら》めた時の俺のように。

つまりは、そういう事なのだろうか……？

不思議と胸が高まってしまう。『結婚』と口走ってしまった時以上に緊張感《きんちょう》が増す。紅葉先輩と、もっと深い関係になりたいと思ったことは何度もあった。それこそ、今日みたいに先輩が誰かと遊んでいる時とか。たとえそれが、悠であっても変わらない。

俺は、先輩の事が好きなのだ。それこそ、『結婚』と口にしてしまうくらいに。

「先輩、結婚しましょう」

だから今度は意識的に今の気持ちを先輩にぶつける事にした。

きっと俺の想いは先輩に届いているのだろう。そうでなければ、今の状況は起こりえないのだから。そう、こんな風に……。

『あぅぅ……っっ！』

『すごい。さっきまでスムーズに動いてた手先が、見事なまでにガタガタだわ』

『し、仕方ないじゃない……！　だって、孝志くんがカッコ良すぎるんだもの……っっっ！』

『いや、それにしてもさっきまで綺麗に切れてた大根が見事にズタズタになってますけど』

『あ、それは大丈夫よ。どうせ後で煮《に》るから』

『そこは冷静なんですね……』

『あぁぁっ!!?　砂糖と塩間違《まちが》えたぁぁ!!!』

『典型的なミスまで……』

『だ、大丈夫よっ！　入れたのは少しだけだから影響も少ないはず……！　それに後はメインのお魚を入れて、こうやって弱火で煮るだけ……』

『先輩、それ強火です』

『はぅ……ッッッ!!?』

これはちょっと聞いてられない。初めの手元が少し狂うくらいなら求めていた先輩のドジで済んだのだけれども、流石に調味料を間違えたり火の強弱を間違えるレベルにまでなるとは想像もしてなかった。いや、そんなポンコツな先輩も好きなのだけれども。

それにしたって、ポンコツにも程《ほど》がある。なんというか……俺がいたら先輩をダメにしてしまう気がしてきた。もちろん、先輩を誰かに譲《ゆず》る気なんてないし、ポンコツな先輩を愛していることに変わりはない。

変わりはないけれど、このままでいいとも思えなかった。そう、考えていたら俺が口にする言葉は決まっていた。

「あ、あの、先輩……。返事は後でいいですから……。先輩が返事したくなった時でいいので……」

返事の先延ばし。

きっと、今すぐにでも返事をしなきゃと思っているからこそ慌てふためいているのかも知れない。違ってたなら違ってたでいい。どちらにせよ、俺も先輩も一度距離《きょり》を置かないといけないと思ってしまった。

そうでなければ、二人揃《そろ》ってダメになってしまう気がしたから……。

『……いいの？』

「もちろんですよ。そう急《せ》かすモノじゃないでしょ、告白の返事って」

俺の言葉に、安堵を覚えたのか。先輩の声に落ち着きが戻《もど》っていた。まだ若干《じゃっかん》上ずっているものの、ポンコツやらかしていた時より数段マシな声。そんな先輩の声に、俺も安堵を覚えずにはいられない。

けれど、やはりもう、限界だった。

「なので、すみません。通話もう切っていいですか？　ちょっと、これ以上先輩の姿見てるとまた変な事言っちゃいそうなので……」

先輩が愛《いと》おしくて愛おしくて、また先輩をおかしくさせてしまいそうな気がする。それだけは避《さ》けたかった俺は、楽しい時間を終わらせる決断をした。

『そ、そう？　それなら仕方ないよね……っ！　な、なんかごめんね⁉』

先輩も、先輩なりに何か思う事があるのか、声をまた上ずらせながら通話を終わらせる事に同意する。

「先輩、おやすみなさい。悠もごめんな、付き合わせて」

『いいわよ別に』

『孝志くん、また明日、ね？』

「はい、また明日」

程なくして、俺と先輩、そして悠との三人通話が終わった。長い長い、幸せでいて、それで複雑な心境になった特別な時間が……。

◇閑話《かんわ》◇

「私のお酒、飲んでたなぁ……」

ふと、瞼《まぶた》を閉じれば思《おも》い浮《う》かぶのは自ら望んでお酒を飲む恋人。

自分からお酒を飲もうとはしない恋人が、私の見ていない隙《すき》に自らの意思でお酒を用意していた。それが、衝撃的で忘れられない。

「どんなことをしてたのかなぁ……」

怒《おこ》りなんてしない。お酒を飲まれたことで怒りはしない。そもそも、孝志くんと一緒《いっしょ》に飲むために買って置いてあるものだ。

むしろ、どんどん飲んで欲《ほ》しい。各種瓶《びん》の減り具合で孝志くんの好みが分かるから、私としては好都合でもある。

とは言え……やっぱり、孝志くんと一緒に飲めなかった寂《さび》しさもある。いくら、悠ちゃんと仲良くするためとは言っても、ビデオ通話越しで孝志くんと一緒に飲めたとしても、やっぱり寂しいものは寂しい。でも、それはそれとして――。

「結婚、かぁ～」

まさか、孝志くんからプロポーズされるなんて思いもしなかった。お酒の勢いとは言え、ものすごく、うれしかった。

そして、ショックなところもあった。孝志くんからのプロポーズを予想の範疇《はんちゅう》に入れてなかったのだから……。

珍《めずら》しくナーバスになりながら、私は夜を明かしていった。

第八章 一晩明けて、二人して思う

「あーくそっ！　どうして俺《おれ》は昨日あんな事言ったんだよ……ッッッ!!」

一晩明けて、俺は自己嫌悪《けんお》に陥《おちい》っていた。それもそのはず。なんせ昨日は先輩がいない寂しさと同時に先輩のお酒まで手を出して酔っていたのだから。

酔いから醒《さ》めて、待っていた現実味に悶絶《もんぜつ》するのは当然の事。それがたとえ、お酒の勢いでなく、結局いつか言っていた事であっても。

それに、結局先輩は朝になっても帰ってきていない。メッセージアプリには『お昼ぐらいには戻るから、心配しないで』とだけ。返事はまだできていない。なんて返事をすればいいのか分からない。『分かりました』と送ればいいのだろうか。それとも本心の『心配です』と送ればいいのだろうか。

ダメだ、頭には先輩のことばかり。日曜だから大学は休みだけれども、心はちっとも休まらない。これなら、先輩に揶揄われ続けている方が何倍もマシだ。

今の、締《し》め付けられるような痛い思いは……これからはもう味わいたくない。

「……朝飯作るか」

昨日の晩飯に引き続き、朝飯も久々に作る。ただの気休めに飯を作る事になるとは思わなかったけれども。

けれど、せっかくのいつもとは違う朝の時間。変わった事でもしてみたいと思ってしまう。たとえば――凝《こ》った朝飯とか。

時刻は先輩が起こしてくれる時間とあまり変わらない七時ちょっと前。まだ余裕がある。それに冷蔵庫の中にはベーコン、卵、バターに冷やし食パンなど朝飯にうってつけなのがいくつも入っている。先輩がいつの間にか買ってきた食材に、また胸がキュッと締まる。

今すぐ会いたくて仕方がない。昨日の返事を聞きたくて仕方がない。もっと紅葉《くれは》先輩と深い関係になりたい。

そんな先走る思いを打ち消すように俺は冷蔵庫を思いっきり閉める。

俺がいくら先走ったところで先輩の意思がわからなければどうしようもない。俺は先輩を拘束《こうそく》したいのだろうか？　自分の思い通りに動く先輩が俺は好きなのだろうか？

いいや違う。俺は先輩が先輩らしくしている姿が好きなのだ。いつもの先輩も、反撃されて少し戸惑《とまど》う先輩も、昨日のポンコツな先輩も、どんな先輩も先輩らしい反応をしていたから好きが積もっていったのだ。自由な先輩の姿を自分からみれなくしようとして、俺は一体何をやろうとしていたのだろうか。

冷蔵庫から取り出していた卵や砂糖、そして牛乳をボウルの中でかき混ぜながら思考を落ち着かせていく。材料が混ざり合っていく度に徐々《じょじょ》に思考は落ち着いていき、気づけばいかに自分が独り善がりになろうとしていたか気付かされた。

そう、俺は先輩ともっと一緒に暮らしたいのだ。先輩のペースを考えないと、どうしようもないではないか、と。

「先輩の分、一応浸《つ》けておくか……」

あっという間に完成した、朝食の素。後は食パンを朝食の素である卵液《らんえき》に一定時間浸けてからフライパンで焼くだけ。

本当は数時間から一日浸しておくのがいいのだけれども、生憎《あいにく》今回のはただの思いつき。

今日の朝食は卵液の滲《し》みていない状態でやるしかない。

そう割り切りながら、俺は蓋《ふた》付き容器に入った卵液から今食べる分の食パンを取り出すと、そのままそれを溶《と》け始めたばかりのバターの待つ熱々のフライパンの上に落としていく。

じゅわりじゅわりといい音を立てて焼かれていく食パンは、店で見る〝それ〟とはまた違う魅力《みりょく》を引き出していた。ひっくり返せば、焼きムラがあって素人《しろうと》が作っているのを実感させられるけれど、それ以上に食パンに染《し》み付いた卵液の匂いがたまらなく食欲をそそる。しかも、バターの濃厚《のうこう》な香りが掛《か》け合わされた状態で。

もう焼きムラなんて気にしてられない。今すぐにでも食べたい一心で、もう片面が焼きあがるのをただひたすらに待つ。

そうしているうちに、今日の朝食――フレンチトーストが完成する。

「いただきます」

待ちに待った朝食を前に俺は手を合わせて、フレンチトーストにフォークを伸《の》ばす。向かいの空席に、意識を向けないようにしながら……。

「昨日は色々と迷惑《めいわく》かけちゃってごめんね？　今度埋め合わせするから」

一晩明けて、私は悠《ゆう》ちゃんの部屋を出る。背中には飲みきれなかったお酒。そして手提《てさ》げには昨晩大失敗した料理が丸々入っている。

「別に置いていっていいのに。砂糖と塩間違えるくらい、私だってよくありますよ？」

「ううん。これは私なりのケジメ。自分のやらかしは自分で決着つけないとだから」

「まぁ先輩がそう言うなら私は止めませんけど……」

悠ちゃんは持って帰らなくていいと今朝から何度も言ってくれるけど、それは私自身が許せない。お母さんとの特訓の成果、そして自分の心の弱さを悠ちゃんに処理させるわけにはいかない。私の失敗は私が抱《かか》え込《こ》まないとね。

そんな私の思いを汲《く》んでなのか、鍋に関しては悠ちゃんは何も言わなくなった。

「ねぇ、悠ちゃん。私、これから孝志《たかし》くんにどんな顔で会えばいいと思う？　どんな表情で彼《かれ》の部屋に戻ればいいと思う？」

時刻は朝の九時。普段《ふだん》ならとっくに朝食を食べ終えて、孝志くんとイチャイチャしていてもおかしくない時間。手を繋ぐフリして彼の腕《うで》を私の柔《やわ》らかな谷間にムギュッと押《お》し込んで、愛おしい人の表情を楽しんでいてもおかしくない時間。恋人と――素敵《すてき》な時間を分かち合えていたはずなのだ。

私がサプライズで孝志くんの家に戻るのを躊躇《ためら》わなければ、こんな事にはならなかった。もっと言えば、孝志くんの言葉に動揺《どうよう》しなければ――『結婚』の言葉に戸惑いを感じなければきっと今頃……。

そんな事を考えていたら、気づけば私は悠ちゃんに変な質問をしていた。

「……はぁ？」

私の質問に、素《す》っ頓狂《とんきょう》な声を上げる悠ちゃん。こういう時、悠ちゃんは素直《すなお》な反応してくれるから変に気を遣《つか》われなくていいのが好き。

それに返ってくる言葉もストレート。

「どんな顔で会えばって、そんなのいつも通りでいいじゃないんですか？　いつもみたいに孝志を揶揄ってやればいいじゃないですか」

「それはわかってるんだけどねぇ……なんていうか、自分が情けなく思っちゃって……」

「もしかして、昨日の孝志の言葉まだ引きずってるんですか？　結婚だとか言ってたやつ」

「もちろんよ。あんな真剣な孝志くん、久しぶりに見たわ」

どこまでもストレートな悠ちゃんとのやりとりに私の動揺も今更《いまさら》ながら落ち着いていく。

昨晩のやらかしにウジウジ悩んでいた寝起きの自分が嘘《うそ》みたい。孝志くんがたかだか一つや二つの失敗くらいで私に愛想《あいそ》を尽かすわけないのに。自分が本気で愛した男がそんな軽い男だったのなら、そもそも本気で料理を母から学ぼうだなんて思わない。せいぜい、簡単な料理を振る舞《ま》うくらい。

多少の手間がかかる煮物《にもの》料理なんて、自分一人だけだったら絶対に覚えない。孝志くんがいたから私は本気になれた。そう、本気だったはずなのだ……。

「あ～あ～、覚悟《かくご》決めたつもりだったんだけどなぁ～」

どうやら、彼から本気でアタックされるとは思いもしてなかったみたい。

昨日の言葉は勢いのままに出てしまったのかもしれないけれど、二回目の言葉は真剣そのもの。顔は赤く、きっと動揺してなかったら間違いなく『りんごみたいで食べちゃいたくなるわ』とからかっていた事だろう。それくらいに可愛《かわい》く、それでいて――――また惚《ほ》れてしまうくらいにカッコよかった。

だからこそ、孝志くんの言葉を受け止める覚悟ができてなかった自分に驚くばかり。あれだけ毎日アプローチしているのに、いざアプローチされたらこのザマなんだから。

けれど、世間では昨日の私の反応が普通《ふつう》のようだ。

「覚悟って、私たちまだ大学生ですよ？」

「でも成人よ。いつ結婚してもおかしくないわ」

「……もしかして、結構本気ですか？」

悠ちゃんが少し、いや、かなり怪訝《けげん》な表情をしているから。

「当たり前じゃない。私は本気で孝志くんと結婚していいと思っているわよ」

「…………そりゃ負けるわ」

「負けるって？」

「いえ、こっちの話です」

悠ちゃんの言う勝ち負けがなんの事か、少し分からなかったけれど、それでもやっぱり私の覚悟は少し世間とは違うみたい。

けれど、それでいいんじゃないかなと私は思う。だって、好きに理由はいらないように、大好きを独り占《ひと》め《じ》したいのにも理由はいらないでしょ？

そう考えていると、自然と私の気持ちが落ち着いていた。

「とりあえず、お昼に戻るって言ってある孝志くんのところに早めに戻って、少しだけ揶揄ってから考える事にするわ」

「なんだ、やっぱりいつも通りじゃないですか」

「いつも通りにやってないと、落ち着かないだけよ」

やっぱり、私と孝志くんとのコミュニケーションは揶揄っている最中が一番楽しくて、ドキドキする。そのドキドキを味わいながら、昨日の続きをしよう。きっと、孝志くんだって許してくれる。

一刻も早く孝志くんに会いたくて仕方がない私。玄関《げんかん》でのやりとりは続いていると言うのに、足先は帰り道を示してしまう。

そんな私に悠ちゃんはニコリと笑いながら問いかけてくる。

「先輩、最後に一ついいですか？」

「どうしたの、改まって」

「孝志の真剣な顔を久々に見たって言ってましたけど、どこで見たんですか？」

「そうね……」

悠ちゃんがどんな意図で質問してきたのかは分からないけれど、答える内容はすぐに固まって私は即答《そくとう》した。

「初めて孝志くんに愛の告白を受けた時かしら」

その後、悠ちゃんに「もう、行って大丈夫《だいじょうぶ》ですよ」と言われた私はそのまま彼女《かのじょ》の部屋を後にした。愛しの孝志くんの下を目指して――。


「孝志くんをお嫁《よめ》にしたい!!!」

恋人の部屋に戻ってくるや否《いな》や、私は早々にそんな事を口走っていた。特に考える事なく、ただ反射的に。本能で、孝志くんと一緒にいたいと思ってしまった。

目の前の女子力を見せつけられたら……彼氏《かれし》だろうがお嫁さんにしたくなると言うもの。

「あの、先輩？　昨日の結婚発言が唐突《とうとつ》だったのは申し訳ないと思ってはいるんですけど、まさか自分の性別がわからなくなるまで混乱してます？　先輩がお嫁さんですよ？」

「だって、こんなんじゃどっちが女の子かわからないじゃない!!!」

「ええ……」

困惑《こんわく》する孝志くんを他所《よそ》に、私は彼が用意していたであろうフレンチトーストの素を見て愕然《がくぜん》としている最中。

　一方、私の手には昨日、悠ちゃんの家で失敗した鍋料理。鍋料理と言っても、切って、鍋に入れて醤油《しょうゆ》みりん砂糖で煮ただけの簡単ぶっ込み料理。そんな簡単ぶっ込み料理すらも失敗した私の目の前に広がるのは、オシャレの入り口たる手作りフレンチトースト。

　女の子なら誰しもが食べたくなるような理想の朝食メニューを孝志くんが作って、私は茶色料理を失敗。どっちが女の子かは明確だ。そう、男の子の孝志くんが女の子です。

「あの、先輩？　昨日の俺の言葉に動揺してるのはわかるんですけど明らかに動揺し過ぎですよ。俺は男で、女の子は先輩ですよ」

「男の子でもお嫁さんになれるかもよ⁉」

「いや、なれないですし、ならないです。なるのは先輩ですよ」

「二人でお嫁さん……？」

「お嫁さんは一人ですよ、先輩」

　私の動揺なんてなんのその、孝志くんは粛々《しゅくしゅく》と私の動揺をほぐしていく。そんな冷静な彼に心のどこかで「敵《かな》わないなぁ……」と思いながら、少しずつ気持ちが落ち着いてきた。

　落ち着いてきたはいいものの、それと同時に恥《は》ずかしさが押し寄せてくる。

　しかも、孝志くんは孝志くんで冷静すぎる。今日は私が揶揄われているのかと錯覚する。

「……さっきまでのは、忘れてちょうだい」

「いや、無理ですよ。それに可愛かったですよ、さっきのあたふたしてる先輩も」

「それじゃあまるで普段も可愛いみたいじゃない」

「……？　そういう意味で言ってたんですけど」

「～～～～っ!!?」

孝志くんの目はただ、真《ま》っ直《す》ぐに私を見つめて、そこに邪悪《じゃあく》な念は感じられない。私のとはまるで大違《おおちが》い。ただの純粋《じゅんすい》な、私の大好きな瞳《ひとみ》。どこまでも吸《す》い込まれてしまいそうな、私が恋《こい》に落ちてしまった瞳。

サークル――飲み会サークルで無理矢理《むりやり》襲《おそ》われそうになった時、助けてくれた時の瞳。勢い余って、孝志くんが私に告白してきた時の瞳。ドジな彼に、恋をしてしまった時の瞳をふと思い出す。

その時の孝志くんは「こんなカッコ悪いタイミングで言うつもりはなかったんだけどなぁ……」と言って、告白を取り消そうとした。そんな彼の真摯《しんし》さにますます恋に落ちていく。気づいたら私はお母さんにどうしたら好きな男の子を落とせるかの相談をしていた。

その相談結果の一つが、悠ちゃんの家で作ってきた鍋料理なのだけれども。

「鍋、開けてもいいですか？」

「いいけど、失敗してるよ？」

「いいんですよ。先輩の手料理が食べたい気分なんですから」

「だったら今から新しいのを――――って、材料置いてきちゃったわ」

「だから、その鍋のを食べるので大丈夫ですって」

「私が大丈夫じゃないのぉ!!」

「でも、俺が作ったフレンチトーストあっという間に平らげたじゃないですか。明日の分も用意してたのに、見事にすっからかん」

「だって、美味《お い》しかったんだもの……」

「俺も先輩の美味しい鍋料理食べたいですよ」

「だから失敗して美味しくないってば」

「そんな部分を含《ふく》めて美味しく食べますから」

どうして失敗してると言うのに、孝志くんは頑《かたく》なに食べようとするのだろうか。新しく作り直したものの方が美味しいのに、彼は失敗したのを食べたがる。

しかも、『俺の料理を食べたんだから、俺にも先輩の料理を食べさせろ』と言わんばかりにぐいぐいくる。

そんな事をされてしまえば、今の私では断れないのを分かっててやっているのだろうか。

「不味《まず》くても、補償《ほしよう》しないからね」

そう言って、私は鍋の蓋《ふた》を開けて中身を披露《ひろう》する。

すっかり冷めてしまった、普段より甘《あま》くなくて塩っぽい——ぶり大根を。


「先輩、今から一緒に飲みませんか？」

鍋の中身——先輩お手製ぶり大根を見るや否や、唐突にそんな事を言っていた。

いや、言わずにはいられなかったが正しいのかもしれない。

「今からって、まだ昼前だよ？　いくら今日は学校がないからって、はしゃぎすぎよ」

「仕方ないじゃないですか。昨日のお酒は——楽しくなかったんですもの」

「楽しくなかったって……あっっ、やっぱり私のお酒が少し減ってる!!」

「すみません、寂しくてつい」

「……そんなに寂しかったのなら、早く帰ってきてって言えばよかったのに」

「そんな事したら、せっかくの先輩の楽しみを潰《つぶ》しちゃうじゃないですか。それは絶対に嫌《いや》です」

「でも、プロポーズはしちゃうんだ？」

「うっ……」

弱い部分を見せたことで、紅葉先輩の調子が戻ってくる。シュンとしていた様子からじわりじわりと元気が漲《みなぎ》ってきているのが目に見えて分かった。そうでなければ、俺に注意しながら冷蔵庫にある缶《かん》チューハイのチェックはしないだろう。

それに、先輩の口元がニヤニヤし始めてきているのだからもう確信的だ。

そしてその様子の先輩は――容赦《ようしゃ》ない。

「どうしてプロポーズしちゃったの～？」

「だって、それは。先輩があまりにも可愛くて……こんな生活がずっと続けばいいなぁ……って思ってたら口に出てて……」

「ふ～ん……」

あぁ、先輩の調子がまた上がってしまう。先輩の口角が上がっていく。

そしてまた揶揄いが始まる――。

「それで、どうして今お酒飲みたいの？　教えてくれたら飲んでも、いいよ～？」

「とか言って、一緒に飲む気満々ですよね。しかも、ガッツリと。ちゃっかり四本持ってきてますし」

「そりゃ、孝志くん直々のお誘《さそ》いだもの。ガッツリ飲まないとね～」

さっきまでの鍋の事でウジウジしていた先輩はもうそこにはいなかった。ただただ、お酒の大好きな先輩が目の前にいる。俺の大好きな、好きなものを隠《かく》さない憧《あこが》れの先輩。隙あらば揶揄ってくる、俺には勿体無《もったいな》いくらいの――――恋人。

「で、どうなの？　理由のところは」

ソファーの真横に座《すわ》る恋人。ふわりと漂《ただよ》う甘い香り。ただそれだけじゃない、ほんのり香る、醤油の匂《にお》い。それでもやっぱり、心が満たされてしまう先輩の柔肌《やわはだ》に気が持っていかれてしまう。

シャツ越《ご》しだと言うのに、ふにゅりと吸い込まれていく魔性《ましょう》。さっきまで考えていた事が全て消えてしまうくらいに、俺は先輩の動作一つ一つにメロメロだ。

そんな俺に、もう失うものなんてなかった。

「……先輩のぶり大根見てたら、先輩とイチャイチャしたくなったんですよ」

「――――へ？」

「だからぁ！　先輩とイチャイチャしたくなっちゃったんですってば！」

本音をぶちまけてしまっても今の俺には痛くも痒《かゆ》くもなかった。むしろ、心のモヤが晴れて清々《すがすが》しいまである。けれど、それはただの一瞬《いっしゅん》だけだった。

「えっと、つまり……酔《よ》った勢いでイチャイチャしたいって言えば、お酒のせいにできるって思ったってこと？」

「……はい」

先輩の言葉で今の俺の状況《じょうきょう》を聞かされると少し恥ずかしさが込み上げてきてしまう。お酒のせいにするなんて、男としてどうなのだろうか。そんな事が頭によぎってしまう。

けれど、現実はそうではなかった。そんな事は先輩にとって、些細《ささい》な事だった。

「あはははは！　孝志くんってば悪い事考えるようになったねぇ～。そんな事しなくても、孝志くんとイチャイチャするのはいつだってウェルカムだよ」

　お酒のせいにする事を『そんな事』と笑いとばす紅葉先輩。それどころか、イチャイチャを待ってるとまで言ってくる。紅葉先輩は、もう覚悟を決めてしまったみたいだ。

「だって、結婚するんでしょ、私たち」

俺はまだ、昨日の言葉に少しばかり後悔《こうかい》していると言うのに……。

「んっはぁ～！　お昼から呑《の》むお酒は格別だねぇ!!」

「結局ノリノリで飲むんじゃないですか。なんだったんですか、さっきまでのやりとりは」

部屋に戻ってきた時とは真逆に、今の先輩はいつも以上にマイペースだ。冷蔵庫から取り出したばかりの缶チューハイを豪快《ごうかい》に飲んでは美味しそうに唸《うな》る。

そんな先輩を見ていると、口にした言葉をウジウジと悩《なや》む自分がさらに情けなく思う。

「そりゃ、孝志くんからお酒飲もうなんて無かったからね〜。何かあったのかちょっぴり不安になっちゃって」

「の割には、四本持ってきたじゃないですか。しかも、もう二本目だし」

空っぽになった酒缶を目の前のテーブルに置き、新しく開けた方のお酒を片手にグビグビ飲んでいく先輩に「不安」の様子は感じられない。少なくとも、今の陽気な先輩からは。

そしてそれは先輩から見た俺《おれ》も、そうみたいだった。

「孝志くんこそグビグビ飲んでるじゃない。すっかりお酒が舌に馴染んだみたいだねぇ〜」

「そりゃまぁ……先輩と飲むのは楽しいですから……」

「嬉《うれ》しいこと言ってくれるじゃない。もっと飲む？　それともイチャつく？」

「手を握《にぎ》られて、腕を谷間に押し付けられた挙句に、耳元に時々息を吹《ふ》きかけられるこの状況がイチャついてないんですか⁉　あとおかわりください」

「はいはい、おかわり持ってくるね〜」

イチャつきに対して強く言及《げんきゅう》するクセに今の状況から逃《に》げ出そうとはしない。それどころか、手を強く握り返したり、自分から恋人に寄り添《そ》ったり、顔を近づけてきた恋人の髪《かみ》の匂いを嗅《か》いだりと、今の状況でそれなりに楽しんでいる。

そんな俺を見透《みす》かしたように、先輩は一度俺から離《はな》れていく。

けれどそれは決してノリが悪い俺に嫌気《いやけ》が差した訳ではなく、ただただ新しいお酒をとりに行っただけの事。

「はい、ストロングぅぅ～」

「あ、ありがとうございます」

先輩から手渡《てわた》されたのは、普段飲んでいるのよりも格段にアルコール度数の強い缶チューハイ。そして先輩の反対の手には同じのが。

普段は間違いなく飲まないもの。手渡されても、いつもの気分なら飲まないだろう。

けれど、今日はいつもの気分ではない。

「で、もっとイチャつきたいって話だっけ？」

「違《ちが》いますよ！　これ以上にもっとイチャつくんですかって話ですよ！」

「孝志くんはしたくないの？　私とイチャイチャ」

「……したくない訳ではないですけども」

「けど？　けど、どうしたの？」

「そういうのはやっぱ、ただの恋人関係の時にするべきじゃないかなぁ、なんて思ったり」

「プロポーズしてくれたのに？」

「うっっ……！」

揶揄ったり、色っぽくなったり、欲しがるように見つめてきたり……。先輩《せんぱい》の仕草一つ一つに、コロコロ変わる表情に、気持ちが揺《ゆ》さぶられて普通の気分でいられない。それこそ、お酒を飲まないとやってられない。

それでもやっぱり、お酒に頼《たよ》ってはいけないとセーブをかけてしまう自分がいる。昨日、お酒の勢いでプロポーズした俺が何を言ってるんだとつくづく思う。

そして、そんな俺の事など先輩はまるっとお見通し。

「……もうちょっと、お酒進めよっか。ぶり大根持ってくるね。少ししょっぱいけど、その方がお酒進むと思うから結果オーライかな」

「あの、今これ以上のイチャつきはするつもりはないですよ……？」

「大丈夫、襲《おそ》うなんてことはしないわよ。私がされて嫌な事は、孝志くんにはしないわ。絶対にね」

「それならいいんですけど……」

二度立ち上がった先輩は冷蔵庫からぶり大根を取り出し、レンジで温められて出来てさながらの風貌《ふうぼう》の熱々のぶり大根を運んでくる。失敗したとは思えないほどに素材に艶《なま》めきがある、お酒の進むおつまみを。

「今日はさ、これからの話をしよう？　時間はたっぷりあるんだし、ね」

そう言ってテーブルの上に置かれるぶり大根。口に含んでみれば思っていた以上にしょっぱい。それでもそれは拒絶《きょぜつ》するほどのものではなく、むしろ酔いを加速させるのにちょうど良いしょっぱさ。お酒を含んでいないと話せない、これから《プロポーズの後》の事が始まる……。そうなるはずだった――――。

ピーンポーン、と玄関のチャイムが鳴り響《ひび》くまでは、本気でそう思っていた。

「はーい。どなたですか？」

「娘《むすめ》を連れ戻しにきた」

「……はい⁉」

「大谷《おおたに》紅葉を私の下に連れてこい。私は、彼女の父親だ」

「え、あ……」

「何をしている、早くしないかっ！」

「わ、わかりました！」

玄関を開けた先には、厳《いか》つい表情をした背広の男性が立っていた。

それなりにシワの入った顔ながらも、背広越しでもハッキリと分かるガッチリとした体形。そんな男性に、すごまれてしまえば、大人しく従ってしまうしかない。

たとえそれが、向き合わなければならないと分かっていた恋人《こいびと》の父親だとしても。

厳しいと分かっていたはずなのに、現実は手も足も出なかった。

いつも肝心《かんじん》な時ほど、情けない自分に嫌気が差してしまう。

「ん～、誰《だれ》だったの～？　もしかして、えっちな本でも注文したの～？　ダメだよ～、コンビニ受け取りにしないと～」

父親が迫《せま》って来ているというのに、そんなことをつゆ知らず玄関まで足を運ぶ紅葉先輩。

どんな時も先輩の雰囲気《ふんいき》は変わらない。表情も、そして肌《はだ》も、変わらずに柔らかい。

そんな先輩に、さっきまでの情けない自分が吹き飛んでしまう。いつまでも情けない思いを引きずったままでいられるほど、先輩との会話はつまらないものじゃない。

「えっちな本は最近は注文してませんよ!?　というか、それどころじゃないですって!!」

「ん～？？　孝志くんを揶揄《からか》う以外に大事なことなんてそうそうないわよ～？　そんなにあわてて本当にどうしたの？」

「先輩の、父親が来てます!!!」

先輩との会話はいつだって楽しい。どんな話題が先輩の口から飛んでくるのか分からないのだから、ハラハラしつつも胸躍《おど》らせてしまう自分がいる。

けれど、今回に関しては胸躍らせるのは難しそう……。

なぜならば、先輩から聞いていたよりもずっと迫力《はくりょく》のある男性がやってきたのだから。

「え……なんで……？」

「お前がまともに返事を寄越《よこ》さないからに決まっているだろ」

「……っっ⁉」

父親の話題、そして玄関口《げんかんぐち》からこちらの様子を窺《うかが》う父親の顔を見た途端《とたん》、先輩の表情が険しくなった。

いつも朗《ほが》らかに笑う先輩が眉間《みけん》にシワを寄せて、明らかに嫌がっているのがよくわかる。

「いつも言っているだろう。どんなに忙《いそが》しくても、最低限の連絡《れんらく》はするようにと」

「連絡ならお母さんにちゃんとしてるじゃない」

「母さんだけじゃなく、私にもしろということも伝えただろう」

「お母さんにしてるんだからそれで十分じゃない！　どうしてイチイチお父さんにも伝えなきゃいけないの？　二度手間じゃない！」

「それでも大学入学当初はキチンと私にも連絡をくれてたじゃないか。それがどうして急に母さんだけになるんだ！」

「だって、お父さんイチイチ細かいし、しつこいんだもの!!」

「しつこ――――っ⁉」

……うん、そろそろ止めよう。

どんどんエスカレートしていく口喧嘩《くちげんか》。露《あら》わになっていく先輩の苛立《いらだ》ち。

怒りをここまで感情的に出す先輩を見るのは久々だ、などと懐《なつ》かしみを覚えながらも、実の娘にショッキングな言葉を浴びせられる父親の姿をこれ以上見て居られなくなった。

「い、いったん落ち着きましょう。今、お茶用意しますので。ね、先輩？　お父さん？」

「キミにお父さんと呼ばれる筋合いはない」

確かにその通り。彼からしたら、俺は息子《むすこ》でも何でもない。だからお父さんと呼ばれたくないのは分かるんだけど、せめてもう少し取り繕《つくろ》って欲しい。

親の仇《かたき》のような目で、俺を見るのだけはやめて欲しい。

いや、この場合は娘の仇とでもいうのかな……？

「では、なんと……？」

未《いま》だ睨《にら》みつけてくる彼に、正面から向き合って問いかける。

目を見て、誠心誠意真摯に対応して、紅葉先輩に相応《ふさわ》しい恋人だということを少しでも知ってもらうことくらいしか今の俺には出来ないのだから。

「幸太郎《こうたろう》……。大谷幸太郎だ」

少なからず、思いは伝わったのだろうか。小さくため息をつくと、目の鋭《するど》さが落ち着いていくお父さん改め、幸太郎さん。先輩の父親だけあって、やっぱり頭の回転が早いのだろうか。少しきっかけがあっただけで、一瞬のうちに平淡《へいたん》になっていく。

「では、幸太郎さん。リビングで落ち着いて話し合いましょう。お茶を用意するので、先に入っててください」

「キミがいいのなら、そうさせて貰《もら》おうかな」

「あまり大したものはないので、そこはご勘弁《かんべん》を」

「いや、座れるだけありがたいよ」

初めに抱《いだ》いたイメージのように、きっちりとした大人の対応を見せてくる幸太郎さん。つられて背筋をピンと伸ばしてしまう。

けれど、俺が準備を進めていく一方で渦中《かちゅう》の先輩はといえば――

「ふふ、お父さんが油断してるこの隙《すき》に……」

何やら、良からぬことを考えている様子。

「先輩、何してるんです？」

「ん～？　ちょっとした掃除《そうじ》依頼《いらい》、かな？」

「……？」

先輩の手にはスマホ。チラリと見えるメッセージアプリ。そして掃除依頼という単語。

正直、ちっとも分からないが今の先輩の表情は何度も見たことがある。

先輩が俺《おれ》を揶揄うときのソレだ。

「大丈夫だよ。孝志くんが心配することなんて、な〜んもないんだから」

先輩は大丈夫だよと、心配することはないよと口にするけれど、不安が拭《ぬぐ》えない。

先輩を信頼《しんらい》していないわけじゃない。自分自身を信頼してないだけ。

先輩が揶揄うのは俺だけじゃないかもという不安に、耐《た》え切れる自信がないだけ。

「お父さんの件が片付いたら、思う存分イチャイチャしようね」

俺の不安を他所に、ふわふわとした足取りでリビングへと向かう先輩。

幸太郎さんが待ち受けるリビングへと。

「こうやって席についても私の考えは変わらない。紅葉は連れ帰る。ただそれだけの話だ」

テーブルに着くや否や、腕を組んで不動の意志を示す幸太郎さん。

けれど、紅葉先輩にも不動の意志はある。俺と同居していたいという、確固たる意志が。

「連れ帰るなんて言うけど、私は帰るつもりないから！　孝志くんと同居してたいもの！」

「同居って。誰が許したんだそんなこと」

「お母さんだけど？」

「また母さんは勝手に……」

幸太郎さんの口振《くちぶ》りから察するに、家族間のすれ違いは今回だけではないようだ。

しかもどうやら、先輩の自由奔放《じゆうほんぽう》さが母親譲《ゆず》りなんだと強く確信する。

誕生日の電話である程度は感じていたけれど、改めて自由過ぎる母娘なんだなと実感。

もちろん、確信と実感に浸《ひた》っていられるほど、目の前の相手は優《やさ》しくない。

なんせ、今日は紅葉先輩ではなく、厳しいと聞いていた恋人の父親なのだから。

「キミも黙《だま》ってないで何か言ったらどうだね。さっきの玄関の様子を見るに、紅葉に振《ふ》り回されて迷惑してるんだろう？」

「え、俺ですか？」

「そうだ。キミはどうなんだ？」

「それはまぁ、確かに先輩にはいつも振り回されてますけど……」

「そうだろう、そうだろう」

「でも別に迷惑なんて思ってないですよ？」

「そ、そうか……。それなら、いいんだ……」

思った通りの回答を貰えなかったからなのか、幸太郎さんの様子がたどたどしい。

確かに振り回されている。いつも、しょっちゅう、四六時中と言っても過言ではない。

気分屋で、寂《さび》しがり。大人びていると思えば、子供のように嫉妬《しっと》する。

そんな喜怒哀楽《きどあいらく》に富んだ先輩に、心身共に振り回されてばかりだ。

だからと言ってやめて欲《ほ》しいとも、ましてや迷惑だなんて思ったことは一度もない。

だって、そんな先輩が好きで好きで仕方ないのだから。

「……えへへ」

「……なんですか？　今は真剣《しんけん》な時間ですよ？」

「ん～？　でも、こっそりならいいでしょ？」

「こっそりって、何する気ですか」

「大丈夫。ちょっとだけ、孝志くんに触《ふ》れていたいだけだから」

こっそりと、だけどしっかりと手を握ってくる紅葉先輩。いくら隣《となり》の席に座っているとは言え、幸太郎さんにバレたらタダでは済まされないだろう。

離さないと、このままではいけない。そう頭では分かっているのに、振りほどけない。

耳元に細やかに響く、先輩の小悪魔《こあくま》ボイスに理性が少し鈍《にぶ》くなる。

「んふふ、意外と孝志くんの手ぷにぷにしてるんだねー」

「そういう先輩だって、手ぷにぷにしてるじゃないですか」

「そうだよ～？　女の子の体は柔らかくてぷにぷにしてるの。よく、知ってるでしょ？」

「そ、それは……」

「素直になって、いいんだよ～？」

「～～～っっ！」

　否定することは出来なかった。否定することが出来ないほどに、先輩の柔らかさを知ってしまっているから。

「ふふっ、やっぱり孝志くんはかわいいね」

　まったく、この先輩は本当に自由だ。この自由さが先輩らしさで、そんな先輩に惹《ひ》かれた俺が言えることじゃないけど。

「なんだ？　二人していったい何をゴソゴソしてるんだ」

「え、いや何もないですよ!?」

「……そんなに慌《あわ》てられると、流石《さすが》の私も傷つくんだが」

「すみません、幸太郎さん」

「うむ。分かってくれるならそれでいい」

　幸太郎さんに声を掛《か》けられて、現実へと引き戻《もど》された。溶《と》けかけていた理性が固まって、平常心へと戻る。

　少し寂しげに眉《まゆ》をひそませる幸太郎さん。どこか寂しがりな気配を覚える彼に、愛《いと》しい紅葉先輩を重ねる。やっぱり親子なんだな、と。

「失礼、ちょっと足崩《くず》すよ」

真面目な人だな。俺はものの数分でそれをよく感じた。初めに感じた威圧《いあつ》はもうそこにはなかった。――――が、それはただ見過ごされているだけだったことを思い知る。

「お、お……お前たち！　この真面目な話をしている時に、いったい何をしてるんだ!!?」

足を崩すときに、テーブルの下がチラリと見えてしまったのだろう。さっきまでの哀愁《あいしゅう》漂わせる表情から一転、憤怒《ふんぬ》に満ちている。

「何って、そりゃイチャイチャだけど？」

「イチャイチャだけど、じゃない！　何度も言っているだろう！　人付き合いはもっと慎《しん》重《ちょう》にとっっ!!」

危機的状況なのに、一切《いっさい》動じていない先輩。一切動じることなく、父親に向き合う。反して、机の下で手を握り合っているのを確認《かくにん》した幸太郎さんは、つい先ほどまでの落ち着いた様子とは打って変わって激昂《げきこう》し始めた。

そんな中、先輩はいつになく冷静。それでいてキチンと先輩らしさもある。

「だから、慎重に真剣に考えて孝志くんと付き合ってるのよ？」

「そんなに密着することがか!?　何かあったらどうするんだ!!」

「何かって何よ」

「それは言えないが……っ！」

「詳《くわ》しいことを言えないのに、孝志くんとの付き合いに文句言わないでよ！」

「あ、ちょ……先輩⁉」

親子同士による感情のぶつかり合い。

人前でイチャつく俺らを引き剥《は》がそうと言葉を荒《あら》らげる幸太郎さん。

逆に、もっともっとくっついてくる紅葉先輩。

それを見て幸太郎さんの感情が昂《たかぶ》り、呼応するように紅葉先輩もさらにくっつく。

むにゅむにゅと押《お》しつけられる柔《やわ》らかな体にドキドキしていると、グイッと腕《うで》を大きく引き寄せられた。

「この際だから、孝志くんと私がどれだけ愛し合ってるか見せつけましょ？」

「見せつけるって、幸太郎さんにまた怒《おこ》られますって！」

「その時はその時じゃない？」

引き寄せられた先には、先輩のお腹《なか》。腰回《こしまわ》りに抱きつく形になってしまった。

ふわりと鼻腔《びこう》をくすぐる甘い香り。トロリと、理性が溶けかけてしまう危険な香り。

慌てて姿勢を立て直そうとするも、上から優しく撫《な》でられてしまい力抜《ちからぬ》け。

甘い悪戯笑顔《いたずらえがお》で覗《のぞ》き込《こ》む恋人に、これでいいんじゃないかと諦《あきら》めてしまう。

「もっとも――――」

「もっとも？」

「もうじき、お父さんは怒るどころじゃなくなると思うけどね」

「それっていったい……？」

怒るどころじゃないとはいったいどういうことだろうか。むしろ、この状況はますます怒るのではないのだろうか。そんな不安に駆《か》られているそんなときだった。

「今度は堂々と……っ！　いいから離れるんだ！　キミたちはまだ子どもだろ！　何かあってからじゃ遅《おそ》いんだぞ⁉」

Prrrrr。

幸太郎さんの迫真《はくしん》の説得に空気を読まない着信音が背広の中から鳴り響く。

「なんだこんな時、に……っ⁉」

「……？」

着信相手を確認するとたちまち青ざめていく幸太郎さん。反して、ほくそ笑《え》む紅葉先輩。

もしかしなくても先輩が何か仕掛《しか》けたのだろうということは分かった。

けれど、大の大人が青ざめるほどの相手とは一体誰だろうか。そんなことを考えていると、幸太郎さんがスマホに耳を当てた。

「も、もしもし。どうしたんだ陽花《はるか》、電話なんて珍《めずら》しいじゃないか。え、いや別に電話してほしくないとかそんなんじゃないさ！　陽花相手にそんなこと思うわけないだろうっ⁉」

たどたどしく仰々《ぎょうぎょう》しい。そんな幸太郎さんを前に俺は驚《おどろ》きを隠せなかった。

そして、相手にも。

「陽花って人、すごいな……」

「あぁ、うん。うちのお母さん、すごいでしょ？」

「――――え⁉」

驚き倍増。いや、ある程度は知ってた。先輩のお母さん――――陽花さんが、結構な決定権を持っているだろうなということは。

けれど、ここまでとは誰が思うだろうか。厳格だと伝えられていた恋人の父親が、その妻に弱いなんてことを。

「今すぐ帰ってこいって、それはちょっと……っ！　今は紅葉と大事な話をだな？　ご飯抜《ぬ》きとかそういうこと言うのやめてくれよ！　陽花の飯が食べられなくなったら俺はどうしたらいいんだ⁉」

なにやら雲行きが怪《あや》しい。というか、幸太郎さんが涙目《なみだめ》になっていくのがなんというか可哀想《かわいそう》に思えてくる。

愛妻家なのはいい事なんだけども、ここまで来るとまた別の状態なんじゃないかとも考えてしまう。

そう、たとえば――尻《しり》に敷《し》かれているとか。

「分かった……あぁ、分かったって……。もうじき帰るから。だから機嫌《きげん》直してくれ。陽花に嫌《きら》われたらどうしたらいいか分かんないからさ」

なんというかこう、見てはいけないものを見ている気分になってしまう。

隠していたかった物事をこっそり覗き見てしまったような、そんな気分に陥《おちい》ってしまう。

だからとて、幸太郎さんから目を離すことも、この場から離れるわけにもいかなかった。

「お父さんばっかりじゃなくて、私の方も気にしてね？」

自分を見て？　自分に意識を集中して？

そう言わんばかりに、何度も手のひらを押し付けてくる。いや、手のひらどころかお腹で顔を圧迫《あっぱく》される。

しっとりモチモチした肌に、ぷにふわとした柔らかさ。いつも、腕や胸に押しつけられてくるものとは別次元の感触《かんしょく》に、引き込まれたらマズいと危機感を覚えてしまう。

いつもならきっと、危機感は発動しなかっただろう。先輩相手にそのまま、最後の一線を越《こ》える手前までは流されてしまっているかもしれない。

けれど、今は違う。今は、先輩と俺だけの空間じゃない。先輩のお父さん、幸太郎さんが部屋にいるんだ。

もしこのまま、いつものイチャイチャを開始したらせっかく落ち着きつつある幸太郎さんが憤怒の檄《げき》を飛ばしてしまうかもしれない。それだけは、本当にそれだけは避《さ》けたい。

「……あぁ、あぁ分かってる。紅葉とはまた別の機会に時間を作ることにする。だから、飯作って待っててくれ」

先輩の手のひらの誘惑《ゆうわく》にひたすら耐えていると、幸太郎さんの電話が終わった。

ふぅ……と息を吐《は》く様に労《ねぎら》いの言葉をかけてあげたいが、その隙もなく先輩が一言。

「私はお父さんと話すことなんてないわ」

「紅葉、またお前は子供みたいなことを……。少しは大人になろうとは思わないのか」

「お父さんに認めてもらわなくても、私は立派に大人なんだもの」

「そうやって噛《か》みついてくるところのどこが大人なんだ」

「ちょ、先輩……これ以上はやめときましょ？　ね？」

「んぅ～？　心配してくれるの～？　嬉しいなぁ～」

「そりゃ心配しますって……」

先輩のことをあやしていると、片付け忘れた缶チューハイが幸太郎さんの目に留まる。

「まったく、昼間からチューハイなんぞ飲むからまだ子供なんだ。成人なんだから、早く大人になりなさい」

空《あ》き缶を片付ける幸太郎さんを尻目《しりめ》に、紅葉先輩から離れられない俺。

こういう時に実感する。俺はどこまで行っても、先輩優先なんだなと。

それが悪いことなんて、思ったことはないけれど。

「とりあえず、今日のところは帰るとするよ。陽花からソッとしとくようにと言われたので連れ帰ることは止《や》めるが、近いうちにキチンと時間をとって話し合うぞ。それまでに、いつでも家に戻れる準備をしておくようにな。分かったか、紅葉」

「……ふん」

「キミもくれぐれも、紅葉に変なことをしないようにな？」

そっけなく返事をする先輩にとうとうあきらめたのか、先輩の腰《こし》に抱き着いている俺に立ち上がりながら厳しい視線を向けてくる幸太郎さん。

「変なこと、ですか」

「紅葉はまだ子供なんだ。しっかりと節度のある付き合いをするように。分かるね？」

「は、はい……」

「それでは、失礼する」

言いたいことを言ったのか、幸太郎さんが踵《きびす》を返して玄関《げんかん》へと向かっていく。先輩と俺はただただそれをリビングから見送るだけだった。

幸太郎さんが帰った後、先輩と俺はすっかりお酒を飲む気分ではなくなってしまった。

先輩特製のぶり大根を黙々《もくもく》と食し、それからは各々《おのおの》大学のレポートに勤《いそし》むなどをしていると、あっという間に就寝《しゅうしん》時間になってしまった。

「お父さんが急にごめんね？」

「あぁ、いえ……」

「お母さんがなんとかすると思うから、孝志くんは気にしなくていいからね？」

「わかり、ました……」

長いようで、短い。それでいて波乱の一日が終わる。

節度のある付き合いか……。今更《いまさら》そんなこと言われてもなぁ……。

思い出す先輩のお腹の柔らかさ。魅惑《みわく》の香りと共に、素直《すなお》な気持ちを反芻《はんすう》していく……。

◇閑話《かんわ》◇

「節度のある付き合いねぇ……」

翌朝。いつものように一足早く目覚めて朝食作り中の私は、昨日のお父さんの言葉を頭の中で反芻していた。

節度のある付き合いをするように。

孝志くんに向けられたその言葉に私はムッとなってしまった。彼《かれ》のことを何も知らずに、勝手に分かった気になっているお父さんの言葉に腹を立てずにはいられなかった。

ただ頭ごなしに否定して、私のことどころか私の好きな人にすら色眼鏡を掛けている人に、孝志くんの良さなんて分かるわけがない。

私の好きな人は、分かろうとする人にしか分からないのだから。彼のことを受け入れようとして、初めて魅力《みりょく》を実感するタイプなんだから。

歩み寄ろうとしない人に、孝志くんのことは分からないし、そんな相手に私自身から分からせようとも思えない。そんなことに孝志くんと私の労力を割《さ》きたくなんてない。

「あ～ぁ、どうしようかなぁ～」

まさか、お父さんが私の苦手なタイプだとは思いもしなかった。

普段《ふだん》だったらなんてことなく気にせずに距離《きょり》を置くけれど、お父さん相手にそんな仕打ちはしたくない。仮にも、私のことを育ててくれた二人しかいない親なのだから。

だからこそ、理解してくれない彼にショックを覚えてしまってどうしようもない。

「……また邪魔《じゃま》されたくはないなぁ」

ふと頭をよぎる悪い閃《ひらめ》き。そう、頭では悪いと分かっている。

だけど止められない。考えたら考えるだけ、閃きを実行したくなってしまう。

誰かを困らせたいわけではない。ただ、孝志くんと二人っきりになりたい。

ただそれだけの想《おも》いが、悪い閃きに現実味を帯びさせてくる。

「今日は日曜日で、明日は祝日……」

カレンダーを確認しながら、最低限どれだけの期間を過ごせるかを計算する私。

考えれば考えるほど、止まれなくなっていく。止まる理由がなくなっていく。

「まぁ、孝志くんとなら、どこに泊《と》まってもきっと楽しめるわよね！」

炊飯器《すいはんき》の音が鳴ると同時に、親に何も言わずどこか遠くに行くことを決意する。

誰にも邪魔されずに孝志くんと思う存分にイチャイチャするなら、思い切ったことも必要だよね。大丈夫《だいじょうぶ》。だって私は大人だもの。いつまでも子供じゃない。

「えへへ、楽しみだなぁ～」

　今日の朝食は、出汁《だし》茶漬《ちゃづ》け。昨日失敗したぶり大根の塩辛《しおから》さをベースに味付けした特製お茶漬け。昨日の件にケリをつけたい、私なりの気持ちの表れである。

エピローグ

「孝志《たかし》くん、泊まりがけでちょっと遠出しちゃわない？」

「泊まりがけで遠出ですか？」

「そ。いいでしょ？　準備ならもうできてるしさ！」

「俺の返事無しに!?」

大事な決断を迫られる時はいつも突然《とつぜん》で、それでいて考える時間すらも与《あた》えてくれない。

ニコニコとした笑顔《えがお》を振りまきながら、奥《おく》の部屋からキャリーバッグを転がしてくる紅《くれ》葉《は》先輩。そんな姿を俺は朝食の皿を洗いながら見守るしかない。

今日の先輩も一段とかわいらしい。白のニットセーター、ジーンズデニム。

外出用の隙のない格好。デニムもピッチリと密着しているけれど、メリハリのある膨《ふく》らみまでは抑《おさ》え切れていない。

その膨らみが何かを身体でよく知っているために、ドキドキせずにはいられない。

もちろん、目のやり場に困るのは服装だけではない。

「孝志くんなら、ＯＫしてくれるかなぁって」

「いやまぁ、しますけども……」

「えへへ～。さっすが孝志くん～。だぁ～いすき」

「――っっ！」

不意に口にされる直接的な言葉。覚悟《かくご》していても、分かり切った言葉でも、やっぱり俺は先輩の甘《あま》い言葉にはめっぽう弱い。

薄《うす》い桜色の唇《くちびる》の隙間《すきま》から発せられた好意。いつも俺のことをからかっては、甘く蕩《とろ》けるようなキスをしてくる柔らかな唇からの甘美《かんび》な響き。俺はもう、考えることをやめた。

昨日の夜寝《ね》ながら、先輩と幸太郎《こうたろう》さんのことを考えていた。

このまま二人のいざこざを放っておいていいのだろうか。このまま親子の心の距離が離れたままでいいのだろうか。先輩のお母さん、陽花《はるか》さんに任せっぱなしでいいのだろうか。

いろんなことを考えた。考えに考えて今朝目覚めたはずなのに、先輩の言葉ですべて吹っ飛んでしまった。

「ちなみにどこに行くか決めてますか？」

「伊豆《いず》なんてどうかな～なんて思ってて」

「いいですね。近いようで遠い場所ですし」

「それに、温泉があるよ？」

「温泉……!?」

「あ、いまエッチな想像したでしょ？」

「え、あ――――」

「んふふ、どうなるかは伊豆についてからのお楽しみだよ」

俺の浅はかな考えなんて先輩にはお見通しのようだ。

温泉。その単語を聞いたとき、俺はすぐさま白濁《はくだく》湯に浸《つ》かる先輩を想像せずにはいられなかった。ただでさえ、滑《なめ》らかな肌が温泉の成分でさらに磨《みが》きがかかる。そして温泉特有の硫黄《いおう》の香りと先輩の甘い香りが融合《ゆうごう》して至極の美香を堪能《たんのう》できるかもしれないと邪《よこしま》な想いを広げずにはいられない。

けれど、それは当然まだお預け。先輩の人差し指で、だらしなく口を開けていたのを指《し》摘《てき》されてしまったから。

「それじゃあ、伊豆に向けて早速《さっそく》出発しましょうか」

あれよあれよと、突発的《とっぱつてき》な遠出が開始。

このときの俺はまだ、知る由もなかった。この伊豆への遠出が、先輩と俺の関係をもっと深めるきっかけになるなんて……。

あとがき

初めましての方は初めまして。純愛系ラブコメ作家こばやJです。

数ある作品の中から本作「お酒と先輩彼女との甘々同居ラブコメは二十歳になってから」をお手に取っていただき誠にありがとうございます。

本作は、『カクヨム』様及び『ノベルアップ＋』様で掲載している作品が、ＨＪ文庫様主催の『ＰＩＣＫ ＵＰテーマ長編コンテスト』にて最優秀賞を受賞し、書籍化の運びとなったものです。

小説自体を読むのが苦手な私が、こうして書籍化するのだから世の中わかりませんね。そんな私に小説を書くきっかけを与えてくれた、オタ友のＭ氏には特大の感謝を伝えたいです。彼がいなければ、本作どころか作家としての私が生まれていないのですから。

同様に、本作を評価し賞を与えてくださったＨＪ文庫編集部のみなさま。ギリギリを攻めた表現を多く含んでいる作品なのに、選んでいただきありがとうございます。期待に添えるよう今後とも精進したいと思います。

次に、担当編集A様。

色々と至らない私を最後まで導いていただき本当にありがとうございます。

打ち合わせの際の通話が密かな楽しみになっていることをここに明かします。インド人を右には、何度思い出し笑いさせられたものか……。

イラスト担当をしてくださった『ものと』先生。

届いたイラストにただただ発狂するだけの絵師オタで申し訳ありません。

こんないいイラストが俺の作品についていていいの⁉　という感情が暴走していました。

そして忘れてはいけない、校閲や印刷、そして書店や配送に関わる方々。

多くの方の力添えで私の作品がみなさまの手に届いていることを今回改めて知ることになりました。コストに見合う作品に仕上がっていることを切に願うことばかりです。

そして、本作を読んでいただいたみなさま。いかがでしたでしょうか？

ほんの少しでも気に入っていただけたのであれば、うれしい限りです。あわよくば感想をX（旧ツイッター）にてつぶやいていただいた暁には、私が食い気味に反応します。

あれやこれやと語りましたが、お手に取っていただき本当にありがとうございました。

願わくば、二巻でもこうして挨拶をしたいものです。

その際には、フェチを語れる分のページを確保できるように頑張らねば。おへそ――。

HJ文庫 https://firecross.jp/
1123

お酒と先輩彼女との甘々同居ラブコメは
二十歳になってから1
2023年11月1日　初版発行

著者――こばやJ

発行者―松下大介
発行所―株式会社ホビージャパン

〒151-0053
東京都渋谷区代々木2-15-8
電話　03(5304)7604（編集）
03(5304)9112（営業）

印刷所――大日本印刷株式会社

装丁――BELL'S GRAPHICS／株式会社エストール

Printed in Japan

ISBN978-4-7986-3333-6　C0193

ファンレター、作品のご感想
お待ちしております

〒151－0053　東京都渋谷区代々木2－15－8
(株)ホビージャパン HJ文庫編集部 気付
こばやJ 先生／ものと 先生